O pianista da estação

Jean-Baptiste Andrea

O pianista da estação

TRADUÇÃO
Julia da Rosa Simões

1ª reimpressão

VESTÍGIO

© Éditions de l'Iconoclaste, 2021
Publicado mediante acordo com Éditions de l'Iconoclaste em conjunto com seus agentes devidamente nomeados Books And More Agency #BAM, Paris, França, e Villas-Boas & Moss Agência e Consultoria Literária, Rio de Janeiro, Brasil. Todos os direitos reservados.

Título original: *Des diables et des saints*

Todos os direitos reservados pela Editora Vestígio. Nenhuma parte desta publicação poderá ser reproduzida, seja por meios mecânicos, eletrônicos, seja via cópia xerográfica, sem a autorização prévia da Editora.

EDITOR RESPONSÁVEL
Arnaud Vin

EDITOR ASSISTENTE
Eduardo Soares

ASSISTENTE EDITORIAL
Alex Gruba

PREPARAÇÃO DE TEXTO
Sonia Junqueira

REVISÃO
Eduardo Soares
Marina Guedes

CAPA
Diogo Droschi (Sobre imagem de Cavan Images/Adobe Stock)

DIAGRAMAÇÃO
Guilherme Fagundes

**Dados Internacionais de Catalogação na Publicação (CIP)
Câmara Brasileira do Livro, SP, Brasil**

Andrea, Jean-Baptiste
  O pianista da estação / Jean-Baptiste Andrea ; tradução de Julia da Rosa Simões. -- 1. ed. ; 1. reimp. -- São Paulo : Vestígio, 2024.

  Título original: Des diables et des saints
  ISBN 978-65-86551-62-4

  1. Ficção francesa 2. Romance de formação 3. Orfandade 4. Música 5. Século XX I. Título

21-93570   CDD-843

Índices para catálogo sistemático:
1. Ficção : Literatura francesa   843
Cibele Maria Dias - Bibliotecária - CRB-8/9427

A **VESTÍGIO** É UMA EDITORA DO **GRUPO AUTÊNTICA**

São Paulo
Av. Paulista, 2.073 . Conjunto Nacional
Horsa I . Salas 404-406 . Bela Vista
01311-940 São Paulo . SP
Tel.: (55 11) 3034 4468

Belo Horizonte
Rua Carlos Turner, 420
Silveira . 31140-520
Belo Horizonte . MG
Tel.: (55 31) 3465 4500

www.editoravestigio.com.br
SAC: atendimentoleitor@grupoautentica.com.br

A Gérard P.
e a todos que não puderam fugir.

Você me conhece. Faça um pequeno esforço, tente se lembrar. Sou o velho que toca nos pianos públicos, em todos os locais de passagem. Quintas-feiras no aeroporto de Orly, sextas no de Roissy. No resto da semana, em estações de trem, outros aeroportos, qualquer lugar que tenha um piano. Costumo ser encontrado na Gare de Lyon, moro bem perto. Você me ouviu mais de uma vez.

Um dia, você finalmente se aproxima. Se for homem, não diz nada. Finge amarrar o cadarço, para me ouvir um pouco sem dar na vista. Se for mulher, levo um susto. Porque estou esperando uma, justamente. Não você, não se ofenda. Espero por ela há cinquenta anos.

Você tem mil rostos. Lembro-me de todos, não esqueço nenhum. Você é a moça das manhãs pálidas que vai e vem entre a cidade e o subúrbio. Você é o senhor de paletó escuro sobre quem lembro de ter pensado: "Ele deve fazer amor com um zelo de funcionário público", embora isso não me diga respeito – sou o primeiro a reconhecer que as mulheres são um formulário complicado. Você é branco, azul, vermelho, verde, você é um arco-íris. Você circunda meus pianos, desnorteado, porque não peço dinheiro. É por isso que me aborda. Sempre com a mesma pergunta:

– O que um homem como o senhor faz aqui?

Como assim, "um homem como eu"? E você sempre responde mais ou menos a mesma coisa:

– Um homem como o senhor, de boa aparência, mesmo tendo esquecido de barbear a bochecha esquerda. Um homem bem vestido, mesmo sua gravata estando um pouco fora de moda. Um homem, enfim, que dedilha o piano como o senhor. O senhor toca como um deus, talvez toque para Ele? Um talento como o seu não deveria ser desperdiçado em estações e aeroportos. O senhor toca como os pianistas que encantam o público em grandes salas vermelhas. Aqui, o senhor só encanta o asfalto molhado e os chapéus encharcados.

É verdade, senhora. Bem observado, senhor. Meus palcos cheiram a trilhos e querosene. Meus Carnegie Hall e meus Scala se chamam Montparnasse, Roissy – Charles-de-Gaulle, Union Station, John F. Kennedy Airport. Há uma boa razão para isso. É uma longa história, não quero incomodar.

Você segue seu caminho – a imensa maioria segue. Às vezes, você insiste. Você me oferece uma soma em dinheiro para tocar em seu aniversário. Num jantar social, num Bar Mitzvá – você me vê hesitar. Você sugere me apresentar a seu marido, que tem um cargo importante na Filarmônica. Ou a seu tio, o diretor artístico. Declino da oferta a cada vez, obrigado, de verdade, é muito gentil de sua parte. Eu seria um péssimo convidado. Preciso de lugares abertos, com vento circulando e portas batendo.

Ontem, você me perguntou:

– Estará aqui amanhã?

Amanhã não é nem quinta nem sexta, então sim, claro que estarei aqui.

Deixo um dó sustenido se extinguir entre a partida das 19h03 para Annecy e a chegada das 19h04 de Béziers, afastem-se da beira da plataforma, por favor. Ah, você voltou? Apresento-me, então. Sou o Joe. Joe de Joseph, mas faz muito tempo que ninguém me chama de Joseph. Joseph é um nome de músico famoso ou pai de messias.

Você quer que eu toque, claro, para me testar. Para entender, ver se há algum truque. Hoje você quer ouvir Berg, ou Brahms.

Sinto muito, só toco Beethoven.

Você se irrita um pouco, posso ver. Desculpe. Difícil me livrar de um hábito de cinquenta anos.

— Então toque o primeiro movimento da "Sonata ao luar" — você responde. — Para ficarmos no... clássico.

Você quase disse *banal*, e não foi o primeiro. Você olha para o relógio — não quer perder o jantar no centro, os amigos ou colegas o esperam, os canapés estão no ponto. Com as mãos erguidas, espero o ritmo. Um TGV chega à plataforma L, arquejando por todos os poros. Uma baleia elétrica que vem de Nice a trezentos quilômetros por hora. O cardume indigesto que ela vomita na plataforma turbilhona numa massa densa de vidro fundido. Corpos que se espreguiçam e correm para o sono, o álcool, o ataque cardíaco, o tédio, que sei. Tudo está ali, esperanças e desilusões. Você não ouve nada.

Meus dedos tocam o teclado. Um arpejo furioso, acordes, *presto agitato*. O terceiro movimento, não aquele que você pediu, não gosto do que é previsível. Seus lábios se contraem.

Suas pupilas mudam de tamanho, um drogado que respira de novo depois de uma injeção de adrenalina. No fim, você se mantém em silêncio. Por bastante tempo.

    Um tufão o atingiu em pleno rosto, e mil outros foram atingidos antes de você. Ele o levantou, esvaziou e devolveu ao mesmo lugar. Você custa a acreditar que está vivo. Você nunca mais usará a palavra "banal". Sei o que está sentindo. Ninguém ouve um gênio ficar surdo sem certa emoção.

    Você diz:

    — Músicos do seu quilate recebem a Legião de Honra, são tratados com deferência. O senhor é ignorado o dia inteiro. Nunca pensou em se apresentar?

    Me apresentar? É só o que faço.

    Noto que você esboça uma pequena careta de impaciência, aquela que contrai seus lábios.

    — Não, se apresentar *num palco*. Não seria o primeiro a começar tarde a carreira. Francamente, ainda é jovem.

    Obrigado, senhora, senhor. Preciso ficar aqui. Não quero perder o último trem. O último avião. Guardem suas Legiões de Honra, suas medalhas, essas honrarias que excitam o coração e o entorpecem.

    — Poderia ganhar muito dinheiro, Joseph. Comprar seu próprio piano.

    É Joe, não Joseph. Não preciso de dinheiro. Tenho todos os pianos que quero. E já não sou jovem, tenho 69 anos. Vejo em seus olhos que vai protestar. Impeço-o, não por falsa modéstia. O que estou dizendo é verdade. Não sou jovem há muito tempo. Lembro inclusive do momento em que deixei de ser.

    Vamos sentar naquele terraço, voltado para os trilhos. O café não é bom, mas as cadeiras são confortáveis. Acho que, agora, vou precisar me explicar.

Tudo começou quando adoeci. De uma doença incurável. Não se assuste, não sou contagioso. Ela me atingiu no dia 2 de maio de 1969. Não fiz nada para que isso acontecesse, os que a contraem dirão a mesma coisa.

Minha enfermidade não consta das enciclopédias médicas.

Mas deveria.

MEU PAI DIZIA que um homem não pode viver sem duas coisas essenciais: um bom colchão e um bom par de sapatos. Ele vendia os dois. Separadamente, é claro. A fábrica de colchões fora herança de sua mãe, uma inglesa bastante respeitável, ou quase, pois pouco antes da guerra ela engravidara durante uma temporada de férias na França e aqui ficara. Os sapatos vieram mais tarde. Ao descobrir que seu sapateiro preferido estava quase falindo, meu pai, um homem elegante, comprou a empresa.

Meu pai se destacava em tudo. Música. Jardinagem. Esportes. Poderia ter sido médico, arquiteto. Poderia ter sido padre, ou rabino, mas não acreditava em Deus e não era judeu. Não totalmente, em todo caso: sua mãe não era judia, portanto ele também não, eu menos ainda. Pelo que ele dizia, ainda bem. Seus fornecedores, bons católicos, já o censuravam por ser rigoroso demais nos preços. Ele não queria ser acusado, além disso, de mandar matar o Salvador deles, sobretudo num contexto de concorrência crescente com os americanos. Quando minha mãe sugeriu que talvez fosse bom me iniciar nessa parte de minha história, meu um quarto de judaísmo, ele ficou furioso. Nunca mais se tocou no assunto.

Meus pais me educavam como um projeto, com um ímpeto de ditadores. Eles me amavam como se ama um plano quinquenal. Mas me amavam. Eu era o plano quinquenal *deles*. Minha insuportável irmã escapava daquela tirania, porque tinha 4 anos. Do alto de seus mil e poucos dias, Inès achava que podia tudo. Ela vasculhava meu quarto, tocava em meus discos. Quando eu erguia a voz, ela começava a chorar e eu é que me dava mal. Insuportável.

Alguns dias antes de minha doença, sem saber que todos a incubávamos, meu pai me fez subir a seu escritório.

– Falei com Rothenberg pelo telefone. Ele me disse que sua última aula não foi boa. Que você está ficando preguiçoso. Que se continuar assim, não passará para o nível superior no conservatório. Ele acha que você está desperdiçando seu talento. Tem uma explicação para isso?

Eu tinha. Eu tinha fumado com meu melhor amigo, Henri, no bosque atrás da casa de seus pais, em vez de estudar minhas escalas.

– Não. Não entendo. Tenho estudado bastante.

– Não o suficiente, ao que parece. Sua mãe, sua irmã e eu vamos para Roma no final de semana, sem você. Aproveite para pensar no que quer fazer da vida.

Supliquei a meu pai. Supliquei a minha mãe, que não me deu ouvidos. Ela aproveitou para me encher de tarefas de história, disciplina da qual era professora. Hoje falo sobre isso com afeição, dado o que aconteceu depois. Anos de chuva negra que me gelaram até os ossos. Naquele dia, porém, não senti afeto algum. Odiei meus pais.

Morávamos na região parisiense. Eu estava com quase 16 anos, e não me faltava nada. Minha vida tinha cheiro de couro e orquídeas, os perfumes da Dior. Uma vida protegida pelo muro de nossa propriedade. Quando a noite chegava, eu pensava em fugir, mudar o mundo. Berrar ordens em espanhol a meus fiéis guerrilheiros, de boina na cabeça e charuto na boca. Mas eu precisaria aprender espanhol. Quem sabe um dia. Mais tarde. Até lá, meus sonhos de revolução morriam a cada café da manhã servido na cama. Uma maneira de dizer que eu era um garoto normal. Um garoto da minha idade, bem-educado, um afável cretino.

Mesmo assim, não creio ter merecido minha doença.

"Ritmo!", reclamava Rothenberg. "Ritmo!" O velho Rothenberg me dava aulas de piano. Ele era mais enrugado que papel amassado – rosto, pescoço e mãos num vertiginoso braille de rugas. Eu queria passá-lo a ferro a cada vez que o via.

Mas quando ele tocava.

Quando ele tocava, reis magos pegavam a estrada. Princesas exóticas e longínquas eram tomadas de languidez em seus palácios de areia. Até a sra. Rothenberg, uma sombra murcha que cheirava a pétalas e naftalina, voltava a ser a rainha do verão que ele havia seduzido, sessenta anos antes, sob uma nogueira em flor.

Rothenberg só ensinava Beethoven. Num passado distante do qual ele raramente falava, o grande homem – que ele chamava pelo primeiro nome – lhe salvara a vida. Rothenberg tocara suas trinta e duas sonatas, dia após dia, sem instrumento. Com os dedos no ar, os pés na poeira da Polônia. Ele tocara para não enlouquecer.

Eu lhe perguntara se podíamos estudar outra coisa, ele se exaltara.

— Você *já* estuda outra coisa, imbecil. Em Ludwig, há tudo. O antes e o depois. Há Bach e há Schubert. Há Gabrieli, Mozart, Bruckner e, por pouco, quase haveria Varèse. O que mais você pode querer?

Naquela semana, a semana em que fiquei doente, a semana em que ele telefonou para o meu pai, deixei-o exasperado. Eu insultava o ritmo, e Rothenberg agonizava arrancando os cabelos. Ou o pouco que lhe restava, na coroa avermelhada que cercava a pele manchada de seu crânio. Sua cabeça lembrava um leopardo em chamas.

— No andante da número 15, o ritmo é essencial. Você viu o nome da sonata?

Aproximei-me para ler a partitura.

— Hmm, "Pastoral".

— É sobre o quê?

— Bosques, riachos?

— *Schmegegge!* Bosques, riachos, que baboseira! Consegue ouvir a pulsação da mão esquerda? Ela é a pessoa que percorre esse seu bosque. Que sobe nos ombros de Bach para ver por cima das árvores. E você toca como um *schmock* dormindo na grama depois de encher a pança. Como um bêbado procurando uma mulher no Bois de Boulogne! Afaste-se, diabos, vou mostrar como se faz.

— Acalme-se, Alon — pediu a sra. Rothenberg da cozinha. — Lembre-se do que o médico disse.

Ele investiu sobre o piano sem sequer se sentar. E eu vi coisas que só entendi mais tarde. Vi danças de gigantes. Vi o mergulho de uma águia tecer uma orla azul na superfície de um lago. Quando ele acabou, comecei a chorar, pois estava com medo. Medo de ser esmagado. Medo de ser consumido.

— De que adianta? Nunca vou tocar assim! Nunca vou tocar como o senhor!

Rothenberg fechou a tampa do piano. Cobriu-o com uma toalhinha bordada e se virou lentamente para mim. Pensei que fosse me esbofetear, mas pousou a mão de pergaminho com suavidade sobre minha bochecha.

— Não, nunca tocará como eu, meu rapaz. Mas se continuar assim, será pior. Nunca tocará como você mesmo.

Fui embora dando socos no ar, ébrio das primeiras raivas da adolescência.

Sem saber que nunca mais veria Alon Rothenberg.

Se eu tivesse ficado em casa, nada teria acontecido. Assim que meus pais saíram para o maldito final de semana em Roma, assim que o táxi desapareceu no fim da avenida, corri à casa de Henri.

Henri Fournier era meu melhor amigo – com direito a juramento solene. Os Fournier eram ricos, mais ainda que nós. Ele também tinha uma irmã insuportável, mas um pouco mais velha, o que apresentava algumas vantagens quando ela se esquecia de fechar a porta para tomar banho. Seu pai fizera fortuna no ramo dos parafusos – para madeira, para metal, autoperfurantes, tira-fundos, parafusos de todos os tipos, que ele importava da Ásia. Henri e eu costumávamos ouvir música que nossos pais chamavam de "degenerada". Naquele dia, um 33 rotações novinho em folha que ele trouxera de Paris na véspera, dos Rolling Stones. O dono da loja de discos garantira a Henri a degenerescência absoluta da banda, e não mentira. Pulávamos na cama sacudindo nossas cabeleiras imaginárias.

Viramos o disco. A agulha desceu. Ruídos, tambores tribais, gritos selvagens, risadas femininas, um piano! *Please allow me to introduce myself.* Parei de pular. *I'm a man of wealth and taste.*

Rothenberg estava certo. O ritmo. Aqueles caras o haviam encontrado. Um ritmo que levaria ao fim do mundo. Que afogaria no mar toda uma geração, se eles assim quisessem. Gritos vindos da entrada. "Pule!", gritou Henri. "Pule mais alto!" Eu estava paralisado. *Woo-woo*, aqueles selvagens agora chamavam seu deus, *woo-woo*! Os gritos na entrada continuavam.

– Henri. Alguém está gritando.

Henri levantou o braço do toca-discos. Seu pai chegou correndo à entrada do apartamento, ao mesmo tempo que nós. À porta, a sra. Fournier gritava com um homem perdido dentro de um paletó grande demais e uma pasta de desenhos embaixo do braço.

– Que algazarra é essa? – perguntou o sr. Fournier. – Não se pode mais ler o jornal em paz nessa casa?

– Venho do Lar Sagrado Coração – recitou o homem –, que presta auxílio na reabilitação de antigos presidiários. Só quero mostrar minhas pinturas, ou melhor, uma pintura, a única que sobrou, e dar meu dia por encerrado. O senhor contribui como quiser.

– Como conseguiu entrar?

– Era o que eu estava perguntando! – gritou sua esposa. – Ele disse que empurrou o portão.

– O portão está trancado. O senhor pulou o muro, não é mesmo?

O sujeito encolheu os ombros.

– Não, empurrei o portão. Vejam o que fazemos, só cinco minutinhos, deem o que quiserem, e se não gostarem não deem nada. Ou apenas uma moedinha, para ajudar.

– Ah, é? Vou ajudar sim, o senhor vai ver, espere aqui.

Fournier desapareceu e voltou menos de trinta segundos depois com uma espingarda. Ele tinha uma coleção de armas que nunca usava. Henri e eu tínhamos carregado uma, num dia em que estávamos sozinhos. Henri queria matar o gordo gato laranja dos vizinhos, eu coloquei nossa amizade em jogo, o gato laranja ou eu, e acabamos matando garrafas. Eu nem gostava daquele gato, mas tudo tem limite.

O sujeito recuou ao ver a arma. E saiu correndo quando Fournier colocou um cartucho e atirou para o alto. Vimos seu vulto desaparecer no fundo do jardim e pular o muro, pois o portão estava trancado. A mãe de Henri se abaixou para juntar a pasta que ele deixara cair. Dentro, uma única guache. Um Cristo retorcido, a cabeça pendida sobre o ombro numa nuvem de espinhos. Tudo era desolador, a boca, os olhos, os ombros, a cruz, tudo sofria naquela crucificação, como no dia em que ela acontecera. Até as letras ECCE HOMO, sob a pintura, eram disformes.

– Foi pintado por uma criança de quatro anos ou o quê? – zombou Fournier. – Vejam só isso... E que história é essa de homo? É um lar de pederastas, por acaso?

Ele caiu na gargalhada. Sua esposa o imitou, Henri também. Eles quase choraram de tanto rir. Olhei para o Retorcido e, como todos riam, comecei a rir também, mais alto do que eles.

Se eu tivesse ficado em casa, nada teria acontecido. A doença teria passado por mim sem causar estragos. Ela teria atingido outro cretino – o bairro estava cheio deles – algumas ruas adiante. Mas eu tinha que ter saído. Eu tinha que ter *rido*. Como o sapateiro Ahasverus, que segundo a lenda teria zombado de Jesus no caminho da cruz. Ahasverus foi condenado a vagar pelo mundo até o fim dos tempos.

Ninguém ri impunemente da miséria de um homem.

Na manhã seguinte, dia da volta de meus pais, acordei com uma sensação estranha. Um sintoma precoce, indecifrável.

Arrastei-me até a frente do espelho, sem roupas. Língua, normal. Olhar, vivaz. Nenhum sinal físico de mal-estar. As únicas coisas erradas eram as que já estavam erradas: meu bigode, que se recusava obstinadamente a crescer, e, muito pior, meu corpo mirrado. Eu me exercitava todas as manhãs, guiado por um manual de ginástica calistênica comprado por correspondência. Que, com suas ilustrações, prometia me transformar, em menos de 24 dias, satisfeito ou meu dinheiro de volta, num colosso capaz de surrar o grosseirão que importunasse uma mulher na praia. Na última imagem, a mulher parecia muito agradecida.

Depois dos exercícios físicos, fui para o piano. Procurei o ritmo da véspera, ouvido nos Stones. Para todo mundo, eu tocava bem. Eu costumava me apresentar na festa de fim de ano da escola, e as meninas olhavam para mim. Mas todo mundo não tinha ouvido o velho Rothenberg. Quando encostava no teclado, ele narrava a doçura do Reno numa noite de primavera, as noites de Viena e de Heiligenstad, o azul dos fogos de artifício, a escuridão do desespero, o silêncio invasor, tudo o que Ludwig lhe confiara. Eu narrava minha mediocridade a quem quisesse ouvi-la.

Por volta das 5 horas, o sr. Albert tocou a campainha. O secretário de meu pai se oferecera para buscar meus pais no aeroporto de Bourget e me convidara a acompanhá-lo. Chegamos com tempo de nos posicionarmos ao lado da pista, sob o vento quente, e assistir à aproximação do Sud-Aviation Caravelle SE 210. Como todos os jovens da minha idade, eu adorava aviões. Comecei a enumerar suas características: "Motores Rolls-Royce Avon, taxa de compressão de 7,45 por 1, vazão mássica de 68 quilogramas por segundo". O sr. Albert assentiu, não entendia nada de aviões. Para ser sincero, eu também não. O Caravelle se alinhou à pista.

Fui invadido por um mal-estar. Inexplicável. Ouvi o segundo movimento da "Sonata nº 8", juro. Ouvi-o como se Ludwig o tocasse, com *ritmo*, enquanto o Caravelle brilhava à luz do poente, descendo suavemente num sonho de rebites. A música me curvou sobre a balaustrada, coberto de suor. E o Caravelle, com a mesma suavidade, tocou o solo e se partiu em dois, a frente para um lado, a traseira para o outro, antes de se transformar numa inacreditável bola de fogo. Perfeita, de uma esfericidade que ainda enxergo quando acordo com as mãos em concha e tento retê-la, contê-la, pois sei que no fundo daquela bola, naquele momento, meus pais e minha insuportável irmã ainda estão vivos, e que por isso não devo soltá-la.

MINHA JUVENTUDE ACABOU às 18h14 do dia 2 de maio de 1969, em meio a uma polca de chamas e ventos cruzados. "Ângulo de incidência demasiadamente elevado combinado a uma velocidade subavaliada que conduziu, na presença de um forte vento lateral, ao estol da aeronave." Decorei o relatório da perícia, bastava recitá-lo com gravidade para fazer as perguntas cessarem. Sempre funcionava, menos com o psicólogo que me obrigaram a ver três vezes e que pareceu se interessar.

— Residência Fournier, pois não?

A morte de meus pais me ensinou uma coisa: eu não tinha mais ninguém no mundo. Minha mãe era filha única. E embora meu pai fosse metade judeu, sua família fora suficientemente judia para os corajosos funcionários de Vichy. Ele só havia sobrevivido – na época, não gostavam muito do que era pela metade – porque um vizinho bastante inteiro, acima de qualquer suspeita, aceitara escondê-lo.

— Senhora Fournier? É Joe no aparelho. Joseph.

Indolor. Era a primeira coisa que eles diziam, os peritos e todos os outros. Seus pais e sua irmã não sentiram nada.

— Alô, senhora Fournier? Está me ouvindo?
— Sim. Bom dia, Joseph. Sinto muito, Henri saiu.
Os peritos também diziam: não é culpa sua. Prova de que diziam bobagens.
— Saiu? Mas a senhora me disse para ligar hoje. Quando o encontro em casa?
— Não sei. É melhor ele ligar para você.
Henri. Meu melhor amigo.
— Tenho mudado de endereço toda hora. Só na primeira semana que não, quando fiquei no mesmo centro, mas ele se esqueceu de me ligar.
Tínhamos feito um juramento solene.
— Sim. Certo. Tudo bem. Até logo, então, Joseph.
Foi ali, naquele exato momento. Não quando o avião se espatifou. Não quando meus pais e Inès se evaporaram, de mãos dadas — eu esperava que eles estivessem de mãos dadas. Não quando dormi, pela primeira vez, na casa de desconhecidos. Foi quando a sra. Fournier desligou na minha cara que entendi. Eu estava doente. De todas as maldições dos profetas, de todas as pestilências que assolavam a Terra, eu pegara a pior. Eu estava *órfão* como se estivesse com lepra, tuberculose, peste. Eu não tinha cura. Para proteger os sãos de minhas emanações de sofrimento, eu precisava ser afastado. Simples medida profilática, caso eu fosse contagioso.

Passei dois meses entre alojamentos provisórios e famílias de acolhimento. Logo me familiarizei com a hierarquia, invisível ao comum dos mortais, da grande nação dos sozinhos no mundo. Primeiro havia os verdadeiros, os anjos, que tinham os pais mortos, *kaputt, dead*. E as imitações: os filhos de pais drogados, violentos ou alcoólatras, que não estavam mortos mas incapacitados de criá-los.

Entre os anjos, não éramos todos iguais. No topo, a aristocracia dos órfãos, a nata: os órfãos da polícia. Eles tinham seus próprios lares, eram mencionados com admiração, a meia-voz, nas salas de pebolim e nos quartos quádruplos. Um degrau abaixo, os órfãos de pais ricos. Meus pais viviam confortavelmente, mas nesses momentos o tipo de riqueza faz toda a diferença. Só o ouro patinado contava, aquele que se transmitia de geração em geração. As fortunas mais recentes eram toleradas, se os pais tivessem trabalhado para o bem da Nação. Os sobrenomes com partícula de nobreza, os filhos dos fornecedores de armas ou dos altos escalões do funcionalismo tinham os melhores lugares depois dos da polícia.

Depois vinha o resto. Eu. Com nossa riqueza de sapatos e colchões, eu não valia grande coisa, ainda que meu pai várias vezes tivesse se vangloriado do gosto de tal ministro por seus mocassins com franja, de tal outro pelas molas de suas camas. Eu era um dos genéricos. Os órfãos dos agentes imobiliários, os órfãos dos eletricistas, os órfãos dos despertadores na madrugada, das contas bloqueadas, do dinheiro que falta ou que parece sujo porque não tem a cor azul do sangue e dos brasões.

Por isso fui enviado para lá, sem dúvida. Ou por erro. Ou preguiça. Eu nunca soube, e pouco importa, o resultado foi o mesmo. Fui para um lugar do qual você nunca ouviu falar, porque ele não fica na Terra. Fui para um lugar do qual você nunca ouvirá falar. Ele está fechado há muito tempo.

Orfanato Os Confins. Eu disse fechado, mas, dentro de alguns, ele ainda sangra.

A HORA É IMPORTANTE. As condições meteorológicas também. Pegamos o trem de Paris a Toulouse, acompanhados de um funcionário da Assistência Social, um careca com cheiro de couve-flor e auréolas de suor nas axilas. Depois pegamos um ônibus, que estragou e só chegou a Tarbes à meia-noite. O Couve-Flor, então, nos entregou a dois policiais encarregados de nos levar ao Confins.

Eu viajava com um garoto que eu não conhecia. Um pouco mais velho, talvez com 16 anos. Muito alto – quase um metro e oitenta –, muito magro, usava um corte à escovinha e tinha um embrião de bigode, uma bela mancha preta que despertava admiração. Ele não era mudo, mas só o ouvi pronunciar duas palavras na vida, muito mais tarde. Os policiais fizeram o sinal internacional, com o indicador girando na têmpora: *não bate bem*. Ele arrastava uma mala de couro artificial que ninguém conseguiu tocar porque ele começava a gemer. A mala ocupava todo o banco de trás. Um velho burrinho de pelúcia estava preso a ela com várias voltas de barbante. O animal dava seu último suspiro num estertor de feltro, a língua vermelha para fora, as entranhas de espuma saindo por uma ferida na barriga. Mas ele se agarrava à vida, e Momo a ele.

Momo era o nome de meu companheiro de viagem, rabiscado numa etiqueta presa à alça da mala. Só Momo. A parte de trás da etiqueta dizia "Hotel Intercontinental de Orã". Momo era exatamente igual a um garoto que vivia no fim de minha rua, na única família de *pieds-noirs** do bairro. Sempre alegres, sempre tristes, barulhentos, com o toque de vulgaridade que os tornava atraentes. A sra. Fournier os acusava de desvalorizar o preço do metro quadrado.

Os policiais eram gentis. Eles pararam num restaurante 24 horas de beira de estrada, pouco antes de Lourdes, para nos comprar umas fritas. Até hoje, não posso ver um policial sem ficar com vontade de comer batata frita e abraçá-lo. Quando voltamos à estrada, uma tempestade de fim do mundo estourou. Uma cólera bíblica, talvez contra mim. Avançávamos lentamente. Os policiais discutiam: voltar ou continuar? "Continuem." Na outra ponta do rádio, o chefe não nos dava escolha – não queria ter trabalho com dois adolescentes. Eu me mantinha em silêncio. Momo me mostrou uma etiqueta apagada pendurada ao bichinho de pelúcia, perto da abertura na barriga: consegui ler *Asinus*. O burrico fedia. Um cheiro de tristeza nunca lavada, de porão de navio, de sábados que nunca mais seriam passados na beira da praia.

"É temporário", me dissera um barbudo dentro de um gabinete laranja, logo antes da viagem. "Você vai ficar lá até encontrarmos uma família. Vai ser rápido, vai ver."

A chuva caía aos borbotões. Transbordava das montanhas, escorria por todas as reentrâncias. Um raio, de tempos em

---

* *Pied-noir*: cidadão francês nascido na África francesa (sobretudo Argélia, Marrocos, Tunísia). (N.T.)

tempos, fixava um mundo prateado. Os paredões negros e granulosos de um desfiladeiro. A encosta de uma floresta. Avançar. Momo continuava sorrindo, enxergava alguma coisa engraçada, ainda invisível a nossos olhos. Seu olhar às vezes cruzava com o meu. Ele balançava a cabeça como se dissesse: *Espere só mais um pouco, depois da costa, depois da febre, depois da tempestade, você vai ver, vai entender, é realmente muito engraçado.* Tenho 69 anos e continuo esperando, talvez porque ainda me restem algumas encostas a percorrer.

Nosso furgão parou – algumas pedras bloqueavam a estrada. Um dos policiais desceu para empurrar as pedras, reclamando. O outro ligou o rádio.

21 de julho de 1969. Mais tarde eu soube, como o mundo inteiro, que eram 2h56 da manhã, hora universal. Uma névoa de interferências. Depois uma voz em inglês, que eu entendia porque meu pai o falava fluentemente. A voz de Neil Armstrong.

"Aparentemente, a superfície é uma areia muito fina", traduziu um comentarista francês.

Apollo 11. A transmissão ao vivo, em todo o planeta. Eu tinha estudado o plano de voo, inclusive o comentara com Rothenberg. Meu pai me prometera que eu poderia ficar acordado a noite toda, a madrugada inteira. A noite em que ampliaríamos, com foguetes e pós-combustão, a fronteira das trevas.

– Poderia aumentar o volume, senhor?
– Sargento – corrigiu o policial.

Mas aumentou o volume, estava tão interessado quanto eu. Seu colega havia voltado, de mau humor. Tentava não nos fazer cair no acostamento, curvado sobre o volante. Trombas-d'água no para-brisa, um rio digno de Moisés. Ele não estava nem aí para a lua.

"*I'm gonna step off the ladder, now.*" Eu me agarrava à voz em inglês. *Vou descer da escada.* Silêncio, estalidos. E a frase que me mostrou que eu não estava sozinho. "*That's one small step for man*", uma pausa, Neil pensava, ou melhor, fingia pensar, pois havia preparado o que dizer, "*one giant leap for mankind*". *Um pequeno passo para o homem...*
O motorista desligou o rádio.
– Não!
Eu havia gritado, eles me olharam com estranhamento. Momo também, acordado num sobressalto.
– Chegamos – anunciou o motorista. – Todos para fora.
Ficamos encharcados. Ao longe, à nossa frente, uma porta na chuva. Sem nenhuma construção em volta, um retângulo pálido numa epopeia de água. Momo correu, protegendo o burrico. Os policiais acabaram notando que eu não estava atrás deles. O sargento voltou pingando, furioso, com os tornozelos num magma lodoso.
– Mexa-se, caramba! O que está fazendo aí, parado na chuva como um idiota?
Eu não saberia dizer o que estava fazendo parado na chuva como um idiota. Eu não saberia explicar que me segurava para não gritar aos céus, muito além da tempestade, com todas as minhas forças, para perguntar a Armstrong se por acaso, atrás de uma cratera, ele não vira meus pais e minha insuportável irmã.

Um sujeito na casa dos 50 anos, gordo e sem pescoço, de olhos muito afastados, nos conduziu às entranhas do prédio. O ambiente cheirava a sala de estudo e a orações sem resposta, nunca atendidas. Asinus balançava à minha frente na mala de Momo. Seu cheiro rançoso me embrulhou o estômago, misturando-se ao odor de suor e tabaco de nosso guia. Tudo girava, quase devolvi minhas fritas no meio do corredor. O sujeito iluminava o caminho com uma espécie de chaveiro luminoso, uma bugiganga ridícula, vagamente fosforescente – os fusíveis tinham queimado.

Ele nos fez entrar num dormitório imenso que parecia uma cripta, dividida no meio por uma cortina de veludo. Dezenas de camas alinhadas como túmulos, cada uma com sua própria estátua jacente. As estátuas roncavam.

– Você, aqui – ele disse a Momo. – E você, aqui. Não quero ouvir um pio.

Momo se deitou sem tirar os sapatos. Seus pés ficaram para fora da cama.

– Está esperando o quê? – me perguntou o sujeito. – O dilúvio? Ele já chegou. Deite-se, ou não vamos nos acertar.

A fosforescência se apagou, os passos se afastaram. Lembro bem daquela noite, minha chegada a Confins. Lembro do som que ritmou minha vida por quase um ano. Uma percussão longínqua, abafada, um estranho *bum* supersônico que invadia meu peito a cada trinta minutos e me dava a impressão de estar sem ar. Algo arrebentava, esvaziava o mundo como um balão. Era preciso segurar a respiração. E tudo voltava ao normal.

Lembro de ter virado a cabeça para a cama vizinha. Vazia. Em todo caso, não vi ninguém em cima dela. Um segundo depois, avistei uma sombra ruiva deitada *embaixo* da cama, na penumbra, um adolescente da minha idade, com um rosto comprido de ânfora. Ele colocou um dedo sobre os lábios, *shhh*, e voltou a dormir.

One giant leap for mankind.

Alguns dias depois, Neil Armstrong, Buzz Aldrin e o terceiro homem de quem todo mundo esquece o nome –

lembrado, aliás, como o "terceiro homem" – voltaram como heróis. Um salto gigantesco para a humanidade, sem dúvida soava bem. Chuvas de confetes. Tubas rugindo, mulheres desmaiando. Sorrisos americanos, dentes brancos, rostos heroicos em conversíveis compridos em que se podia deitar, ou ser assassinado. De mim, ninguém falou.

Mereço minha parte de glória, no entanto. Fui à lua naquele 21 de julho de 1969. Juro. Fui à lua e mais longe ainda, e voltei. Ninguém sabe. Ninguém quer saber.

A humanidade dos pequenos passos não interessa a ninguém.

Hoje, você precisará perguntar o caminho. No bar-tabacaria, por exemplo, se ele ainda existir. Alguém lhe indicará a estrada à saída da aldeia, a última daquele vale dos Pirineus. Você passará por algumas casas de fachada abaulada, indiferentes, e constatará que sim, a estrada continua. Você pensará que ela deve ser assustadora numa noite de tempestade. Que melhor não subi-la num dia de chuva, não subi-la aos 15 anos, não subi-la sem seus pais.

Se você for curioso, se não estiver ali por acaso, talvez comente: *Mesmo assim, vocês deviam saber, quando os garotos desciam à aldeia no Natal, ou no Dia da Bastilha. É impossível não ver a miséria.* Os moradores dirão, supondo que se lembrem, supondo que ainda estejam vivos, que não, eles não viam nada, os garotos pareciam contentes de estar na aldeia, até compravam coisas com suas economias, tudo isso é passado, por que você faz tantas perguntas?

Você pegará a estrada, por cerca de dez quilômetros. Uma placa o deterá. Apesar das chuvas ácidas e dos buracos de bala, ainda conseguirá ler a inscrição *Direção Departamental de Ass...* quase toda carcomida pela ferrugem.

Depois as palavras *Os Confins*, intactas – a ferrugem as experimentou e cuspiu de volta.

Sem manutenção, o caminho a partir da placa se tornou intransitável. Será preciso caminhar até o antigo priorado, outrora chamado de Saint-Michel-de-Geu. Você se perguntará, ao vê-lo, como pôde ser construído naquele lugar, no fundo de um vale. Tudo parece acabar num paredão de cem metros: o vento, a estrada e o próprio país, pois do outro lado fica a Espanha. Você admirará aquele feito, o aplainamento de um espaço na montanha amplo o suficiente para acolher o velho prédio, no final do século XVIII. Você admirará menos, se tiver bom gosto, o prédio anexado em 1959 a uma das laterais, onde as crianças tinham aulas.

Você também se perguntará o que as pessoas que ergueram aqueles muros tinham a expiar. Ninguém constrói nada tão sombrio, tão duro, sem um bom motivo. Foi por um sujeito nu, um jardim e uma maçã, eles diriam. E eles também diriam que se fosse apenas pelo sujeito e pela maçã, nada teria acontecido. Mas houve uma moça, também nua, e tente resistir a uma moça nua. Por isso os janelões altos que encanavam o vento. Por isso a ardósia cortante, os ecos infinitos, a igreja gelada na primavera, no verão, no outono e no inverno, gelada da manhã à noite.

Ao lado do velho priorado, um terraceamento tentava domar o declive. Ainda se enxerga o antigo pomar. Ao longe, num nível mais baixo, o último terraço acompanha uma estrada de ferro inativa que desaparece na vegetação. Bastaria limpar os abrunheiros, as amoreiras-silvestres e as giestas – o que exigiria certo esforço – para descobrir um antigo túnel. Uma obra-prima da engenharia civil, cinco quilômetros roubados à montanha entre a França e Aragão.

Você entrará no prédio principal, quem sabe ignorando o cartaz de *Perigo, amianto*. Não encontrará nada. Ou apenas uma folha mimeografada, presa com tachinhas, sob uma vidraça quebrada perto da porta de entrada. Ilegível, a não ser por algumas palavras: "5h45... jogos coletivos... Palavra Sagrada... Vercors".

O lugar é calmo, quase bonito quando faz sol. O que impressiona é o silêncio. Um silêncio de orações e corredores que nunca levam duas vezes para o mesmo lugar. Ignoro o que você faria lá, além de tropeçar no granito. Acabaria voltando sobre seus passos, com suas perguntas a tiracolo, se calhar.

O nome diz tudo. Depois de Confins não há mais nada.

5h45 – DESPERTAR
6 horas – higiene
6h30 – laudes (ofício da manhã)
7 horas – café da manhã
8 horas-11 horas – aulas
11 horas – recreio (escolher entre: jogos coletivos sem agitação, leitura, oração)
12 horas-13 horas – almoço
13 horas-16 horas – aulas
16 horas – tempo pessoal (escolher entre: estudo, oração, correspondência ou sesta, para os menores)
17 horas-19 horas – tarefas comuns
19 horas – jantar e leitura da Palavra Sagrada
20 horas – ação de graças
20h30 – toque de recolher

– Em período de férias, as aulas são substituídas por atividades educativas na rua, se o tempo permitir. O programa será afixado abaixo.
– Todo aluno que quiser comparecer ao centro de lazer da Direção Departamental de Assuntos Sanitários e Sociais

(DDASS) no Vercors, durante as férias de verão, é convidado a apresentar um pedido <u>no início do ano</u>, pois as vagas são limitadas.

– É proibido correr dentro do estabelecimento. É proibido sair sem autorização e sem a supervisão de um adulto. De modo geral, nenhum comportamento suscetível de macular a reputação de Confins será tolerado. Uma atitude conveniente é exigida em todas as circunstâncias. Qualquer infração ao regulamento será punida.

A direção de Confins, o ministro da Educação Nacional e a diocese lhes desejam um sacrossanto ano escolar 1969-1970.

Momo e eu não trocáramos uma palavra desde que nos conhecêramos. Falei com ele pela primeira vez de manhã, no pátio do orfanato.

— Caia fora.

Eu quase não dormira. Acordado ao amanhecer por um apito, eu imitara os outros. Em pé ao lado da cama, enquanto o homem que nos recebera, e que todos chamavam de Girino, passava pelas fileiras como se procurasse alguma coisa. As camas eram numeradas, tinham uma placa de esmalte branco atarraxada à madeira. Eu era o número 54. Minha mala desaparecera, a de Momo também. Tinham-lhe deixado apenas o burrico.

— Vocês têm tudo de que precisam aqui dentro — dissera Girino, apontando para um baú ao pé de nossas camas. — Façam com que durem.

Ele não sabia que eu não ficaria ali por muito tempo, que eu era um *temporário*. Segundo apito, corrida ao banheiro. Somente os primeiros tinham água quente. Grandes sabonetes amarelos de colônia de férias, daqueles que giram sobre um suporte de metal. Um sabão para pobres, asqueroso. Água morna no rosto. Como os outros, vesti uma camisa branca e um short ridículo tirados de meu baú, e calcei os sapatos que vinham junto. Se chegasse vestido assim no liceu, eu seria espancado.

— Onde eles compraram essas coisas? — eu zombara. — No século XIX?

Silêncio. Ninguém me dirigia a palavra desde o amanhecer. Ninguém falava com ninguém. No café da manhã, pão molhado numa sopa achocolatada e uma xícara de café, até para os pequenos. Éramos uns quarenta, de 5 a 17 anos.

Apito. Sair do refeitório. Momo me seguia na companhia de Asinus. Novo apito. "Cantar ao senhor um novo canto", o bando começara a entoar. Mexer os lábios em fingimento. "Pois ele fez maravilhas..." O grupo se dividira em dois, eu seguira os mais velhos. Uma freira atenciosa, irmã Hélène, anunciara com doçura:

— Substituirei nosso bom padre na aula de francês.

Eu não estava preparado para a prova que recebemos. Momo passou o tempo todo olhando para a folha sorrindo, sem escrever nada. A turma dos mais velhos tinha aulas sob as abóbadas da antiga sala capitular. Uma sala imensa, de gesso eczematoso, onde trinta escrivaninhas pareciam boiar, como se atingidas por um choque violento. O frio era constante. Uma lareira monstruosa aspirava o calor do verão e cuspia a neve do inverno.

Só entendi os motivos de minha impopularidade no recreio. Um garoto alto se aproximou, com as mãos nos bolsos. Ele olhou para Momo, que me seguia por toda parte desde a manhã, com seu burrico fedido.

— É seu irmão?

— Não, não o conheço.
— Ele é retardado ou o quê? Sempre fica sorrindo assim, como um debiloide?
Momo sorriu.
— Sim — respondi no mesmo tom. — Ele é debiloide.
— Vejam, o debiloide está com os sapatos sujos. Vamos encerá-los.
O garoto limpou a garganta e fez um filete de saliva aterrissar nos sapatos de Momo. Seus amigos o imitaram. Momo se virou para mim, os olhos cheios de perturbação e perguntas que nunca saíam, presas atrás de seus lábios. Como os outros pareciam esperar alguma coisa, cuspi por minha vez em seus sapatos. E para fazê-los entender que eu era um deles, voltei-me para Momo e disse:
— Caia fora.
Eu sabia que não era culpa de Momo ser daquele jeito. Daquele jeito de quem estava longe, num país de jasmim onde seus olhos de ocre faziam as meninas suspirarem. Não era culpa dele ter precisado partir de repente, sem se despedir dos amigos. Rápido, rápido, sair, deixar o pão no prato, outro o comeria, rápido, rápido, fechar as malas, abandonar a casa e as lembranças — só notaram tarde demais, no barco para Marselha, que de tanta pressa Momo perdera a cabeça. O pequeno *pied-noir* que pescava ouriços-do-mar não pedira nada daquilo.
Ele não se mexeu, e eu repeti:
— Caia fora, merda!
Dessa vez, Momo caiu. No chão. Duro, dobrado em dois. Eu nunca vira uma crise de epilepsia. Girino, que nos vigiava de um canto do pátio, viu o suficiente: deu um pulo, levantou-o como um saco de batatas e desapareceu dentro do prédio.

Com a crise, Momo parara de sorrir. Mas ele não soltara Asinus, nem por um segundo. Quando o fiscal o carregou no ombro, Momo continuou apertando com todas as forças seu tesouro de pelúcia.

— Você viu *Mary Poppins*?

O garoto que puxava minha manga devia ter 8 ou 9 anos. Um fedelho, mas fazer o quê. Andávamos em círculos no pátio, em pequenos grupos ou sozinhos, quarenta e três garotos que não projetavam nenhuma sombra. Alguns jogavam futebol. Não fui convidado para aquele jogo idiota em que ninguém sabia quem era o adversário de quem. Ainda bem. Se eu quebrasse a mão ou o braço, poderia dizer adeus à música.

— Você viu *Mary Poppins*? — repetiu o garoto.

Estranho rosto de adulto em miniatura, preso entre orelhas que pareciam as asas de uma xícara. O resquício de um roxo no olho esquerdo. Os dentes da frente separados, pelos quais passaria toda a esquadrilha da fumaça.

— *Mary Poppins*? Não.

— Pfff — ele respondeu.

— Ei, espere! Qual é o seu nome?

Sua cabeça batia em meu umbigo, mas juro que ele me mediu de alto a baixo antes de me conceder seu nome.

— Sobix.

Ele se juntou a um grupo de mais velhos, formado pelo garoto que dormia embaixo da cama e mais dois, um gordo e um esquelético. Os três tinham a minha idade. Pensei que empurrariam o pequeno, que zombariam daquele recruta, daquele soldado raso, de sua audácia de querer entrar no círculo de oficiais onde a sombra de um bigode e uma espinha faziam as vezes de condecorações. Mas eles o receberam como um dos seus, se inclinaram para conversar, olhando na minha direção. Depois caíram na gargalhada. Quando tentei me aproximar, eles giraram nos calcanhares.

O barulho não havia cessado. Aquele que eu ouvira ao chegar, o *bum* supersônico. Ele continuava, a cada trinta minutos. Eu era o único a levar um susto, todas as vezes.
Sete horas da noite, apito, meu primeiro jantar em Confins. Uma fatia de pão torrado com tutano derretido e sal grosso. Rostos felizes. Para eles, muito bom. Eu não conseguia engolir uma coisa tão gordurosa. Num canto do grande salão, um pequenino balbuciava uma passagem das Escrituras, os outros comiam aos cochichos. De repente, a atmosfera mudou. Uma porta rangeu. O leitor se endireitou, sua voz se tornou mais firme. As cabeças se curvaram sobre os pratos, os talheres foram deixados sobre a mesa.
Bum supersônico, ao longe.
Foi então que o vi pela primeira vez. Ele tinha a mandíbula forte, bem escanhoada. Têmporas ainda escuras, a parte de baixo do rosto um pouco pesada, o pescoço com a marca vermelha do colarinho da batina, que deveria ser mais largo. Ele era elegante, à sua maneira, e gostava de pensar que ainda tinha uma silhueta de 20 anos. Todos se calaram, os órfãos, os fantasmas, os monges sanguinolentos que assombravam os corredores com suas correntes. Ele se sentou à ponta da mesa.
– Boa noite, crianças. Monsenhor Théas agradece pelos desenhos – sorriu aos pequenos – e pelas cartas – olhou

para os grandes. – Envia a todos suas bênçãos. Podem comer.

Sua voz era doce, uma inesperada voz de contralto num homem barítono. Puxei minha cadeira e percorri a mesa com os olhos, em silêncio. Surpreendi o olhar perturbado de um garoto. Quarenta e dois garfos parados.

Eu era ateu, mas bem-educado. Sabia me dirigir a um padre, mesmo intimidador, mesmo de batina. Eu sabia colocar os "padre" na hora certa. Ele ergueu os olhos, surpreso. "Boa noite, padre, cheguei ontem, sou temporário, será que por favor haveria um quarto à parte, padre, e seria possível alguma salada de entrada, algo simples, mas equilibrado?"

Girino deu um passo em minha direção. O abade levantou um dedo, o fiscal se deteve.

– E se você nos lesse a Palavra Sagrada?

O mesmo dedo se moveu, o pequeno recitante liberou o púlpito e se sentou. O abade me encarava, sorridente. Mas seus olhos. Farejavam o pecado. A assinatura de meus pais, que eu falsificara na agenda escolar. As cédulas subtraídas da carteira de minha mãe. Obedeci-lhe antes que ele visse o resto. Li "Estevão, cheio do Espírito Santo, fixou os olhos no céu", sem entender nada do que lia. Quando acabei a página, o abade me fez sinal para continuar, e depois de novo. Quando ele anunciou: "Está bom, agora", a sobremesa já havia acabado, a mesa fora retirada. Eu não comera nada.

O abade se levantou, uniu as mãos. Oitenta e quatro mãos fizeram o mesmo, quatrocentos e vinte dedos se cruzaram para dar graças. Apito. A fila se precipitou na direção do dormitório, menos os que lavavam a louça.

– Você não – disse o padre.
Bum supersônico, ao longe.
Ele abriu a Bíblia. De perto, parecia menos alto, mais escuro. Uma escuridão cultivada – ele pintava os cabelos. Aquele rosto sem idade, uma oval levemente avolumada pela mandíbula larga, era o exato oposto do rosto de Rothenberg, cheio de pontas e rugas. No entanto, o primeiro ameaçava, o segundo apaziguava. Tudo estava no olhar. Candura desbragada em meu velho professor, cortante como uma lâmina no padre.
Ele apontou para uma cadeira do refeitório vazio.
– Sabe por que está aqui, em Confins?
– Meus pais...
– Sim?
– Perdi meus pais.
– Não exatamente.
O abade empurrou a Bíblia na minha direção, indicou uma passagem.
– Leia. Salmo 68:6.
– "O pai dos órfãos, o defensor das viúvas, é Deus em sua morada santa".
– Continue.
– "Deus dá uma família aos que estavam abandonados, liberta os cativos e os torna felizes; somente os rebeldes habitam lugares áridos".
A frase estava sublinhada.
– Somente os rebeldes habitam lugares áridos – murmurou o padre.
Ele suspirou e pousou uma mão em meu ombro.
– Suponho que esteja com fome, agora?
– Sim, padre. Muita fome.

— Muito bem. Alimente-se do Senhor.

Naquela noite, pela primeira vez na vida, rezei. Depois de voltar para minha cripta, depois de me deitar na cama 54, com as mãos sobre o peito como uma boa estátua jacente, invoquei meu reino de areia, minha lua cinza no fim do mundo. E como meus pais não tinham me dado um deus, como não podia falar com Beethoven — não se perturba um gênio por tão pouco —, dirigi-me a outro herói, outro deus, que talvez se desse ao trabalho de me ouvir.

Cama 54 falando. Cama 54 falando.
Responda, coronel Michael Collins.

Michael Collins, o terceiro homem. Aquele de quem ninguém se lembra, o verdadeiro herói da Apollo 11. Enquanto os outros quicavam em câmera lenta para as emissoras de televisão, enquanto confetes eram preparados a 384 mil quilômetros de distância, Michael Collins orbitava a lua a bordo do módulo *Columbia*. Ele esperava, dentro de um cone de metal e Kapton lançado a 5.700 quilômetros por hora, o momento mais delicado da missão, do qual a televisão não falava: o momento em que ele deveria resgatar os companheiros quando voltassem da superfície, num ponto do espaço do tamanho de uma cabeça de alfinete. O menor erro de sua parte — um nervosismo, uma dúvida, um erro de cálculo — e o *Columbia* bateria no módulo lunar, ou o perderia. Os confetes teriam sido preparados por nada.

A cada órbita, Michael Collins desaparecia por quarenta e sete minutos. Sumia, se perdia. Sobrevoava a face oculta da lua. Setenta e cinco quintilhões de toneladas de pedra

cinza entre a Terra e ele. Quarenta e sete minutos sem qualquer possibilidade de comunicação com o resto do mundo. Quarenta e sete minutos de silêncio, quarenta e sete minutos de breu. Uma solidão que nenhum homem conhecera desde Adão, como a NASA explicaria em 24 de julho de 1969 em todas as rádios do mundo.
Cama 54 falando. Cama 54 falando.
Responda, Michael Collins.
Michael Collins não respondeu. Não daquela vez.

Os subordinados, os subalternos, as sombras. Os empregados de Confins, as engrenagens que faziam girar a grande máquina, da caldeira infernal às telhas de ardósia, éramos nós, os internos. Chão, lenha, lavanderia, cozinha. Ervas daninhas, louça, cera. Tudo era organizado para permitir que o orfanato funcionasse com um mínimo de mão de obra externa. Cada órfão realizava uma tarefa cotidiana. Por cerca de duas horas, entre 5 e 7 horas da tarde, qualquer que fosse sua idade.

À frente da instituição, o abade Sénac se encarregava da maioria dos cursos. Ele não torcia o nariz para o trabalho quando seu ofício o tirava de lá para celebrar uma missa ou administrar os últimos sacramentos a algum pobre coitado atropelado pelo próprio trator. Não era raro vê-lo com as mangas da batina arregaçadas, cortando lenha atrás do alpendre, ainda vigoroso aos 60 anos. Algumas dominicanas de um convento nos arredores de Lourdes, a uma hora de distância, visitavam regularmente o orfanato por algumas horas ou alguns dias. Três delas tinham quartos permanentes em Confins. Irmã Hélène ensinava matemática. Irmã

Albertine estava encarregada da cozinha, Irmã Angélique, da enfermaria. Se cruzássemos com uma delas nos corredores, melhor murmurar um vago "Bom dia, irmã" do que arriscar chamá-las pelo nome. Sob o hábito preto e branco que só revelava o rosto, uma podia passar pela outra. Às vezes aparecia uma noviça que ninguém jamais vira, recém-convertida, ainda tremendo de renúncia. Ela não demorava a adquirir o olhar duro que caracteriza a fé, a verdadeira. Algumas religiosas, como Angélique, eram mais gentis que outras. Mas que não nos enganássemos. Se Sénac lhes dissesse que estávamos todos possuídos pelo demônio, as irmãs sem dúvida nos teriam encharcado de gasolina e disputado a caixa de fósforos.

Somente três leigos trabalhavam em Confins: Girino, o fiscal, Étienne, o administrador, e Rachid, o professor de educação física. Como o tempo e a distância suavizam minhas lembranças, eu diria que Girino era um grande filho da mãe, um canalha, um patife. Étienne dissipava sua aposentadoria solitária e rude entre jardinagens, consertos de cercas, murmúrios incoerentes e bebedeiras épicas em sua cabana nos fundos da propriedade. Rachid era um homem bom, e não digo isso porque o vi quebrar a cara de Girino. Mas talvez sim.

Na segunda manhã, eu já havia entendido a rotina. Os apitos, as inspeções, todo o teatro. Momo voltara da enfermaria e evitava meu olhar. A única novidade foi ouvir Girino, que passava pelas fileiras como se procurasse algo, soltar um grito de alegria do outro lado da cortina de veludo que separava o setor dos pequenos do setor dos grandes. Ele reapareceu conduzindo pela orelha um apavorado Sobix e segurando, na outra mão, um lençol molhado de amarelo, seu troféu de caça. Todos baixaram os olhos, eu primeiro.

No café da manhã, o abade seguia a cozinheira que nos servia uma papa. Com as mãos às costas, os olhos ardentes de virtude, ele procurava o colarinho desabotoado, o amassado impróprio, a mancha desgraçada, o mal em si. Quando a irmã chegou perto de mim, ele deteve a concha com um gesto suave.
– Para ele não.
A cozinheira passou reto por mim. Eu estava morrendo de fome, era a segunda refeição que perdia. O olhar do garoto que dormia embaixo da cama – todos o chamavam de Fuinha – cruzou o meu. *Não a traga de volta.*
Assim que o abade se afastou, alguém tocou meu joelho. Por baixo da mesa, meu vizinho, um garoto que eu não conhecia e nunca cheguei a conhecer, porque ele foi embora um mês depois, me estendia a metade de seu pão.

Entre os métodos pedagógicos utilizados para nossa edificação, um dos mais utilizados era conhecido entre os veteranos de Confins como "capa de mijo". Testemunhei minha primeira capa de mijo dois dias depois de chegar, enquanto estava sentado perto da janela e a irmã Hélène infligia Pitágoras a uma plateia indiferente. Sobix percorria o pátio, seguido de Girino. O garoto estava nu, enrolado num lençol molhado de urina. Tinha os lábios azuis e caminhava como um super-herói desmoralizado. Fazia frio de manhã cedo, a mil metros de altitude. Ele precisaria caminhar bastante, qual Satã atarantado, antes que sua capa secasse. Aprenderia uma boa lição e, se recomeçasse, estaria realmente procurando encrenca. Seria, então, punido severamente.
Sobix voltou à aula depois do recreio, o olhar perdido, distante, ignorando os zombeteiros "mijão!" e "pipi na cama!" repetidos num ímpeto furioso que só cessou com

a chegada do abade. Sénac devolveu as provas da véspera, parou por um momento ao lado de Momo, que desenhava, e devolveu-lhe, sem dizer nada, sua folha em branco. Então se virou para mim, sem devolver minha avaliação.
— Depois da aula. Em meu gabinete.
Ele fez um sinal para Sobix.
— Leve-o.
A aula recomeçou em meio a um silêncio pesado. Alguns olhares curiosos me procuraram, nem todos benevolentes, cheios da curiosidade agourenta dos dias de tourada. Quando o apito soou, Sobix me precedeu, num passo amplo de papa-defuntos, até uma porta no primeiro andar. Ele verificou a própria roupa, cuspiu na mão para pentear os cabelos. Prestes a bater, mudou de ideia.
— Onde estão seus pais?
— Mortos.
— Mortos — ele repetiu.
— Sim. *Kaputt. Dead.* Mortos.
— Morreram de quê?
— Ângulo de incidência demasiadamente elevado combinado a uma velocidade subavaliada que conduziu, na presença de um forte vento lateral, ao estol da aeronave.
— Hein?
— Eles explodiram. Estou fazendo alguma pergunta, por acaso?
— Eles eram muito rígidos?
— Um pouco.
— Ainda assim — murmurou Sobix, balançando a cabeça —, pais não deveriam explodir. Mesmo que sejam um pouco rígidos.
Ele bateu, a porta se abriu para uma peça vazia. Sobix se colocou em posição de sentido perto da porta.

– Precisamos esperar. Você vai pedir o Vercors, esse ano?
– O Vercors?
– É a melhor colônia de férias da DDASS. Enfim, acho que é, nunca fui escolhido porque todo mundo quer ir. Sessenta lugares para todos os orfanatos da França. Dizem que há uma *piscina* com boias maiores que você e, na frente do centro, uma *pizzaria*. Já me inscrevi para o ano que vem, e o abade, *monsenhor* abade, disse que dessa vez tenho chances, se me comportar... Ei, aonde está indo?

Ao fundo da peça, sob uma janela alta. Era a primeira vez que eu via um, em dois meses. Um piano que ouvia imprecações, cóleras, dissonâncias. Um piano cuja tampa havia sido fechada com raiva, que havia sido ignorado, mudado de lugar, colocado contra uma parede e outra, desafinado, reafinado, quase dado. Um piano, de verdade.

Levantei a tampa. Nenhuma poeira sobre o teclado.

– Não toque em nada! – murmurou Sobix com fúria. – É do abade! *Monsenhor* abade – ele se corrigiu, revirando os olhos apavorados.

Meus dedos flutuaram sobre o marfim. Eu não queria problemas. Fiz todo o dedilhado da número 24 – a última tarefa que Rothenberg me dera –, segundo movimento, sem encostar no piano. E então milagre, ouvi a música, clara, triunfante, com tanta segurança quanto Beethoven.

– Bravo.

O abade estava ao lado de Sobix, com uma mão sobre o ombro do garoto petrificado. Meus dedos apertavam o teclado com firmeza, o último acorde ainda ecoava, tamanha a força com que eu tocara. Juro que não pensei em tocar. Eu não me lembrava de tê-lo feito. Aplausos abafados subiram do térreo.

– Eu disse para ele não tocar em nada...

O abade contornou a escrivaninha.
– Você toca muito bem.
– Ele não... Acho que não.
– Quem disse isso?
– O senhor Rothenberg, meu professor de piano.
– Rothenberg. Sei.
Eu não entendia o que ele sabia, e quase nunca entendi durante minha estada naquele lugar. Sénac tirou minha prova do bolso, percorreu-a com os olhos.
– A dissertação de ontem. "Narre seu último encontro com Deus". Você escreveu uma carta de três páginas a um certo... *Collins*? Você lhe pergunta se pode conhecê-lo. Algo me escapa.
– Ele é um astronauta.
– Ah. Agora entendo a alusão à... "face oculta da lua", na segunda página. Interessante.
Ele largou minha folha, bateu nos lábios com dois dedos juntos.
– Você se diz sem Deus. Herético, provocador. Mas você procura. Você *chama*. É exatamente como São João da Cruz, conhece? Um grande místico. Ele também procurava, no fundo daquilo que chamava de "noite escura". Noite escura, face oculta da lua, entende aonde quero chegar?
Não. Assenti.
– Estudei seu dossiê, Joseph. Creio que tivemos um mau começo. Já que sabe usar tão bem os dez dedos, pergunto-me se não poderíamos aproveitar seus talentos.
– Claro, obrigado, senhor. Padre. Sei tocar piano e também poderia tocar um pouco de órgão, se estudasse um pouco. Mas precisaria de partituras e...
Com o queixo, o abade apontou para uma pesada máquina de escrever em cima de um móvel. O logotipo HERMÈS

3000 sobre a caixa cinza, o *3000* um pouco inclinado, anunciava a morte da caneta-tinteiro. Prometia ao usuário um futuro brilhante, um mundo de carros voadores pilotados sem manchas de tinta na ponta dos dedos.

— Já usou uma dessas?

— Nunca.

Ele me explicou o funcionamento da máquina. Depois abriu uma Bíblia de couro e me ditou o início do Gênesis. Minha prática de piano me transformou em secretário mais ou menos competente em menos de uma hora.

— A partir de hoje, está dispensado das tarefas comuns. Virá aqui todas as noites, entre 5 e 7 horas. Digitará todas as minhas cartas. Mantenho uma correspondência constante com importantes doadores, com a diocese, com a administração... Você me fará ganhar bastante tempo. Mas não deve tocar em nada além desta máquina, entendeu?

— Nem no piano?

— Principalmente no piano. Quero sua palavra.

— Prometo. Mas por quê?

— Quando Pilatos condenou Jesus à cruz, você acha que o Cristo lhe perguntou por quê?

Eu não sabia o que o Cristo havia perguntado ou deixado de perguntar. Do pouco que eu sabia daquela história, eu não o censuraria se tivesse perguntado. Talvez percebessem que se tratava de um erro judiciário, teriam evitado a catástrofe e, mais tarde, achado graça de tudo, tomando um bom vinho e comendo peixes multiplicados.

O abade estremeceu ao perceber que Sobix continuava parado ao lado da porta, à sombra de um armário.

— Ainda está aqui?

— Sim, senhor abade, eu só queria dizer que não é culpa minha se Joseph encostou em seu piano.

— Suma daqui. E feche a porta.
— Sobre minhas férias no Vercors...
— Suma daqui, já disse!

Sobix desapareceu. O abade me estendeu a mão, segurou a minha quando a estendi.

— Muitos de nossos garotos vêm de ambientes difíceis. São rebeldes, cabeças-duras. Você é diferente, posso ver. Mas cuidado com o pecado do orgulho. Ele já derrubou alguns dos grandes. Ser meu secretário não o torna superior a seus colegas. Esse privilégio, ao contrário, faz de você o menor dos menores. Lembre-se das palavras do Salvador: aquele que se eleva será rebaixado, e aquele que se abaixa será elevado.

— Amém — disse a voz de Sobix atrás da porta.

Uma pomba-rola ferida. Minha insuportável irmã a encontrara na floresta onde os caçadores bradavam, logo atrás da casa dos Fournier. Inès gritara, Henri e eu a ignoráramos. Acabáramos de acender um charuto Partagas subtraído das coisas de seu pai, como bons revolucionários. A revolução primeiro nos deixara tontos e depois nos dera vontade de vomitar. Quando minha insuportável irmã gritara pela segunda vez, fomos ver o que estava acontecendo.

A pomba-rola caíra longe demais das outras, num silêncio absoluto. Ninguém a buscara. Os caçadores tinham várias nos alforjes, mais do que eles poderiam comer. Os cães recuavam, os 4x4 aceleravam. A floresta cheirava a diesel e vinho. A ave nos encarava, tremendo. Eu quisera tocá-la, fazer alguma coisa, Inès segurara meu braço.

— Está com as mãos sujas de terra.

Ela aprendera que não devia tocar em coisas brancas, frágeis — a toalha dos dias de festa, os vestidos Dior de nossa mãe, os bancos claros do carro — sem antes lavar as mãos, virando e revirando cuidadosamente o grande sabonete entre seus dedos atrapalhados até a água ficar transparente.

Espero que aqueles que juntaram Inès, quando ela perdeu as asas, não estivessem com as mãos sujas.

O ABADE ME DITAVA suas cartas todos os dias. Às vezes passávamos da hora. Eu jantava então depois dos outros, o que fazia de mim um órfão de primeira classe. Os garotos continuavam sem me dirigir a palavra, mas ao menos respondiam a minhas perguntas. Minha condição de secretário despertava um vago respeito. Ou temor – em Confins, era a mesma coisa.

Sénac me surpreendeu uma noite olhando para o piano, com os dedos suspensos sobre minha Hermès 3000. Se aquele piano me distraía tanto, ele anunciou, mandaria retirá-lo. Eu não estava ali para fazer música.

– Não pedi para estar aqui – respondi.

Ele se virou para mim, lentamente. Seus olhos me golpearam, espancaram, um imperceptível tremor percorreu suas mãos. Mas falou com voz calma.

– Ninguém pediu para estar aqui. Escreva. "Agradecendo-lhe de novo por sua generosidade, caro senhor, em nome das crianças e em meu nome", e assine, "Seu irmão em Cristo", você sabe o resto.

Estendi-lhe a carta, tremendo de indignação. Ele a assinou e me dispensou com um gesto, sem levantar o rosto.

– Joseph – ele disse, no momento em que eu saía.
– Sim?
Ele franziu o cenho.
– Sim, senhor abade?
– A música pode ser um passo na direção de Deus. O último passo, quando estamos bem próximos dele. Para você, que está longe, é uma distração. Uma ilusão, uma tentação.
– Mas Beethoven...
– Beethoven só acreditava em si mesmo. E Deus, que é sábio, decidiu que um homem que não o ouvia podia muito bem acabar surdo, para compensar.

No final de semana, conheci o último funcionário de Confins. Rachid, o professor de educação física, morava numa aldeia vizinha, onde tocava uma velha fazenda com sua mulher. Ele participara, aos 18 anos, em 1959, do primeiro campeonato mundial de fisiculturismo amador. Colosso um pouco atarracado – que o relegara ao 22º lugar –, ele nos dava aulas três vezes por semana. No domingo, com frequência se voluntariava para nosso passeio semanal. Descíamos a estrada em fila, Sénac bem na frente, Girino bem atrás, cantando salmos. Depois de três quilômetros, uma trilha surgia como uma isca. Subíamos pela floresta até uma pastagem montanhosa: uma campina cercada por um paredão granítico, como Confins, mas aberto, ensolarado, e juro que aqueles momentos se assemelhavam à alegria. A esposa de Rachid, Camille, às vezes nos acompanhava. Ela levava o bebê do casal, um recém-nascido que sabia tudo, o Marrocos do pai, a Bretanha da mãe, os céus empilhados atrás daquele que víamos. Ele sabia tudo e começava a esquecer.

Sénac era apaixonado pela natureza, e somente as condições meteorológicas mais extremas impediam aqueles passeios. Ele sentia uma ternura franciscana pelos pássaros. Não era raro vê-lo derramar uma lágrima por um filhote caído do ninho, chilreando seu sofrimento. Um passarinho que ele não nos deixava juntar, porque "Deus não o fizera cair em vão". Ele nunca saía sem uma luneta de metal esmaltado pendurada no pescoço por uma tira de couro, e a apontava subitamente numa direção ou outra murmurando um nome de sonoridade bárbara, para acompanhar, com o olho colado na lente, acrobacias plumosas que não nos interessavam. Aqueles eram os únicos momentos em que o ignorávamos e em que ele não se importava.

Naquele domingo, uma semana depois de minha chegada, Camille acomodou o bebê na grama. Quarenta e dois reis magos o cercaram. Camille usava um vestido florido sob o qual apareciam suas pernas e seios cheios de vida. Uma vida quase excessiva, que eu percebia nos rostos congestionados de alegria, que eu sentia nos batimentos de meu coração, no sangue que fervia em lugares proibidos. Rachid não dizia nada, ele sabia que não gastaríamos Camille só de olhar. E porque se estivesse enganado, se de fato a gastássemos um pouco, ainda lhe sobraria bastante.

Cada um de nós pensava que um dia também gostaria de uma daquelas criaturas estranhas, um bebê. Ou uma mulher como Camille para dar a mão. Ou a força de Rachid. A pastagem era o único lugar em que pensávamos: *amanhã*. Em Confins, o futuro não penetrava, mantido à parte pela espessura das paredes.

Sobix, cujas palhaçadas em geral eram apreciadas, fazia beicinho um pouco à frente, ofendido por ter sido superado por aquele Cristo estival, por aquela Virgem que não o era. E pela primeira vez em muito tempo, senti-me bem naquela Natividade ocasional. Eu me chamava Joseph e estava no lugar certo.

Quando cansou de torcer o pescoço para o céu, o abade fechou a luneta com um gesto seco. Girino levantou Sobix pelo colarinho com uma mão e o sacudiu, apontando para o fundilho de seu short sujo de terra. O pequeno se deixou agarrar como uma pilha de roupas vazias, sem lutar, uma técnica que eu logo aprenderia a dominar.
O passeio tinha acabado.

A caminhada até a pastagem montanhosa exaurira os pequenos. Alguns já roncavam quando Girino entrou no dormitório, logo depois do apagar das luzes. Ele passeou seus olhos afastados e seu beiço anfíbio pela penumbra, procurando algum erro entre as camas: sapatos desalinhados que o fariam tropeçar, um baú mal fechado, um garoto chorando de medo, de cansaço, de qualquer coisa, um garoto que ele tiraria da cama para lhe dar uma boa razão de chorar.
O passado de Girino era objeto de especulações variadas. A tese do vampiro, espalhada por Sobix, fora dispensada quando alguém observara que ele tinha reflexo no espelho, usava um crucifixo de ouro no pescoço e era bastante gordo para se alimentar apenas de sangue em geral e de sangue de órfãos em particular. Outros afirmavam que o abade o conhecera numa prisão do qual fora capelão no passado e que o contratara quando saíra de lá. Que ele era um desmembrador de crianças. Pelo que sei, Girino nunca desmembrou ninguém, não em Confins, em todo caso. O sofrimento seria breve demais para alguém que o queria duradouro, persistente, um sofrimento de especialista no qual molhar os lábios de tempos em tempos, com um pequeno estalo da língua e a satisfação de saber que ele não cessará. Outros diziam que Girino era um veterano de

Confins. Não era verdade. Mais tarde consultei o registro de todas as crianças que passaram pela instituição desde a conversão do velho priorado em orfanato, em 1936 – e seu nome não aparecia. Um último rumor, mais plausível, fazia dele um antigo legionário. Um leve claudicar tornava aceitável a teoria de um ferimento, assim como a canção militar que um dia ele me forçou a cantar. Ele sabia onde bater para machucar, sem deixar marcas. Um pequeno que se perdera nos corredores e chegara ao quarto de Girino sob o telhado afirmava não ter visto nada de errado, mas o que uma criança que acredita no Papai Noel veria de estranho? Uma série de lendas pairava em torno de sua pessoa. Elas diziam que Girino era insensível à dor. Que ele tinha as costas cobertas de escamas, falava línguas desconhecidas. Que um dia Girino recebera uma carta com bordas pretas, fora lê-la em seu quarto e saíra com os olhos vermelhos. Ninguém realmente acreditava naquelas bobagens.

Bum supersônico.

Eu me acostumara ao barulho. Talvez viesse de uma pedreira ou mina distante, ainda que isso não explicasse a opressão nos tímpanos, no peito, a impressão de que, por um breve momento, uma passagem para outro mundo se abria. Eu não desconfiava a que ponto isso era verdade.

Apesar de todos os seus esforços, Girino não encontrou nada. Saiu do dormitório em seu passo capenga, deixando entre nossas camas um rastro nauseante de suor e decepção. Fuinha, meu vizinho, foi para debaixo da cama. Ele me olhou, colocou o dedo sobre os lábios, *shhh*, como na primeira noite, uma semana antes. Num lugar como aquele, um gesto repetido era um ritual ou uma ameaça. Fechei os olhos.

Quando voltei a abri-los, a lua se movera. Sua luz varrera todo um naco de escuridão. A cama de meu vizinho estava vazia, em cima, embaixo. Não tínhamos o direito de nos levantar, sob pena não sei de quê, algo sério. Quatro vultos – um pequeno, três maiores – se esgueiravam por entre as camas na direção da porta. Resisti o máximo que pude. Imaginei mil maus-tratos, castigos e torturas nas mãos de Girino, que só esperava um erro de minha parte, talvez me espreitando na escuridão para fazer de mim um exemplo. A curiosidade venceu – segui-os.

– Ei, você, 54!

Uma cabeça saiu das cobertas, no momento em que eu me preparava para sair do dormitório. Um loirinho de 12 anos, olhar à deriva num oceano de palidez.

– Melhor voltar para a cama – ele murmurou.

– Para onde eles estão indo?

– Não sei. Mas aqueles lá são sinônimo de problema.

A cabeça desapareceu embaixo das cobertas. Fiz o que fazemos com um conselho quando temos 15 anos, principalmente quando o conselho é bom: ignorei-o.

O corredor estava deserto. Guiado por uma corrente de ar, aproximei-me às cegas de uma porta entreaberta. Na mesma hora, Sénac entrou no corredor. Ele passou a um metro de mim sem me ver, não sei como, depois desapareceu atrás de uma porta, fechando-a à chave. Uma porta de metal, pintada de azul descascado, tão diferente de todas as outras que quase o segui. Mas a porta de carvalho contra a qual eu estava apoiado cedeu e continuei minha busca, sem saber que aquelas duas portas levavam ao mesmo lugar.

Uma escada subia em caracol, aparafusada em paredes esquecidas. A corrente de ar se tornou mais forte. No topo da escada, um alçapão de ferro. Quatro rostos me fixaram com terror quando o abri: Sobix e os três garotos de minha idade com quem ele sempre andava e que agora eu conhecia de nome. Fuinha, Edison, Sinatra. Estavam todos sentados na parte central de um terraço quadrado, uma anomalia plana num mundo em declive. Ao redor, o antigo priorado erguia suas chaminés de navio, singrava os céus entre impressionantes pontes de ardósia, negras e brilhantes, com balaustradas de zinco.

– O que está fazendo aqui, 54? – perguntou Fuinha, desligando o rádio de pilha, um Telefunken, sobre o qual eles estavam debruçados.

– Meu nome é Joe. E vocês, o que estão fazendo?

– Não é da sua conta. Volte para a cama.

Icei-me ao terraço. Fui tomado de vertigem, o céu estava à minha frente, imenso e oscilante. A vista nunca chegava longe, em Confins. Dali, porém, viam-se outros mundos.

– Onde estamos?

– Na Vigia. É uma sociedade secreta, você não é membro. Então suma daqui.

– Uma sociedade secreta. Vocês têm 9 anos ou o quê?

– Sim – confirmou Sobix com seriedade.

– E o que vocês fazem nessa "sociedade secreta"?

– Vigiamos o mundo. Protegemos Confins.

– Do quê?

– Dos russos – declarou Sinatra.

– Da máfia – acrescentou Edison.

– E dos gigantes – concluiu Sobix.

– O orfanato já foi atacado pelos russos, pela máfia e por gigantes? – zombei.

Fuinha se levantou e se postou na minha frente.

– Não, justamente. Graças a nós. Eu vigio o norte, Edison o sul, Sinatra o leste.

– Sou pequeno demais para ser um vigia – acrescentou Sobix. – Não ultrapasso o parapeito.
– Quem vigia o oeste, então?
Os quatro baixaram os olhos.
– Danny.
– E onde anda esse Danny?
– Ele morreu.
– De quê?
– Que importância isso tem? O resultado é o mesmo, não? Volte para a cama, agora.
– Girino deixa vocês saírem do dormitório?

Aprendi mais naquela noite do que numa vida inteira em Confins. Aprendi pouca coisa depois, exceto a existência de um mal infinito. Mas também de uma doçura tão grande que, por ela, poderíamos suportar tudo.

Fuinha, que vigiava o norte, tinha 15 anos. Fora retirado dez anos antes dos escombros de um prédio que desabara em pleno dia, em Marselha, ruindo sobre si mesmo numa nuvem de gesso após anos de luta contra a gravidade, a lógica e o abandono. Os jornais acompanharam o caso. Todos os 45 moradores tinham morrido, todos menos Fuinha, que tivera tempo de ser jogado embaixo de uma cama pelo pai quando a estrutura cedera. Todos os meses Fuinha recebia um pacote, não sabíamos de quem, de onde – nunca soubemos. Um pacote abarrotado de guloseimas e bugigangas diversas. Alguma tia ou primo distante, muito além da linha do horizonte, apaziguava sua culpa. Aquelas delícias colocavam Fuinha no centro de todo o mercado paralelo do orfanato. Ele trocava, permutava, emprestava, com um ardor de usurário. Se um devedor não pagasse um serviço, ou não o reembolsasse a tempo, Sinatra lhe dava uma surra. Fuinha tinha Étienne, o administrador, mais ou menos no bolso, pois lhe dava a quintessência de suas negociações, o dinheiro. Em contrapartida, Étienne convidava Girino para assistir televisão em sua cabana todos os domingos à noite, e a Vigia tinha o campo livre. Em caso de perigo, Étienne piscava a luz da casinha que servia de banheiro atrás da cabana. Houvera um único alerta em vários anos – um *falso* alerta –, numa noite em que Girino, sofrendo de uma violenta diarreia causada pela comida de Étienne, se aliviara em espasmos furiosos com a mão no interruptor.

Edison, que tinha 14 anos, era o gênio do grupo. O rádio que eles ouviam naquela noite era dele: fora reconstruído a partir de um velho aparelho encontrado no lixo durante um dos raros passeios à aldeia. Funcionava com pilhas artesanais, que Edison também fabricara, com a ajuda de moedas velhas, vinagre e rodelas de papelão e metal. O mundo não seria o mesmo se Edison tivesse vivido mais, tenho certeza. E ele talvez tivesse vivido mais se não tivesse sofrido traumas insuportáveis para um gênio. Para um órfão. Mas acima de tudo, e principalmente, Edison não era totalmente branco – sua mãe era senegalesa. Várias vezes Girino o mandara voltar à ducha, de manhã, dizendo que ele não tinha "se lavado direito". Felizmente para Edison, Girino tinha outro alvo preferido. Infelizmente para Sobix, era ele.

Sobix – 9 anos, vigia de absolutamente nada – era nosso decano, pois era o único de nós que nascera órfão. De pais desconhecidos, ou nascido "sob X", como diziam os formulários, ele adotara a expressão de tanto ouvi-la. Menino sem infância, ele grudava nos grandes com a força de sua autoridade de veterano, e os grandes o aceitavam. Sobix falava dos pequenos, que chamava de "os menores", com desprezo. A paixão por *Mary Poppins* era a única coisa que o prendia à sua idade, ela e as noites em que acordava molhado em lágrimas,

mas não apenas lágrimas. No dia seguinte, capa de mijo na neve, capa de mijo ao sol, capa de mijo a não mais poder, o que não o impedia de recomeçar, e Girino, de exultar.

Sinatra completava a Vigia. Uma força da natureza, um garoto bonito com uma gordura tirada Deus sabe de onde, dada a magreza de todos. Aos 16 anos, parecia ter 20. Afirmava ser um descendente do famoso cantor. Sua mãe lhe contara que o divino Frank se perdera com sua orquestra durante uma turnê pela França, numa noite de tempestade, uma noite esquecida. Ela os abrigara, uma coisa levara à outra, eles tinham cantado, abraçados perto do fogo, ao ritmo da chuva – de novo o maldito ritmo. Nosso Sinatra nascera de uma voz, de uma tempestade, talvez de uma loucura – sua mãe fora internada depois de ter sido encontrada dançando nua numa praça da cidade. Quando mencionávamos o episódio, ou o fato de que "a voz" provavelmente não dormira com uma merceeira de Figeac, e que sequer visitara a região, a natural placidez de nosso amigo se transfigurava em fúrias impressionantes. Sinatra enviava cartas ao cantor, convencido de que o pai o buscaria. As cartas deviam se perder, pois ninguém aparecia. Ele dizia, então, que ele é que partiria, um dia. Que ele é que iria a Las Vegas.

– O que vai fazer, chegando lá? – Sobix sempre perguntava. – Sair em busca de ouro?

– O ouro não vale nada na América. Eles têm tanto ouro que fazem ruas com ele.

Os olhos de Sobix saltavam, se enchiam de sonhos dourados.

Bum supersônico. Mais forte, daquela vez, sob o ar fresco que não lhe opunha resistência, ecoado pelo telhado. Eu finalmente saberia.

– Que barulho é esse?

– Barulho?

Eles o ouviam há tanto tempo que o haviam esquecido, como a passagem do tempo, como a respiração, e por mais que eu o descrevesse, insistente, nenhum deles parecia saber do que eu estava falando. Precisei esperar o dia seguinte para finalmente ter uma explicação. Uma explicação que a princípio me decepcionou, pois não consegui medir sua importância.

Eu estava prestes a girar nos calcanhares, para mergulhar nas profundezas do orfanato, quando Edison pulou sobre o rádio.

– Todos a seus postos de combate!

Sobix soltou um gritinho de excitação e se colou ao aparelho. O volume do rádio estava no máximo, cuspindo longas rajadas de neve – ondas sibilantes que cruzavam os ares.

– O que temos? – perguntou Fuinha.

– Um míssil nuclear russo a caminho de Confins.

– Iniciem o processo de destruição.

Com os dedos nos botões, Edison mergulhou no tsunami que o universo lançava sobre nosso telhado.

– Determinando a frequência de controle...

Os outros esperavam, com os olhos para cima. Sobix mal respirava. Uma estrela cadente rasgou a noite e Edison anunciou:

– Míssil interceptado.

Eu estava quase rindo daqueles jogos pueris quando troquei um olhar com Fuinha. Seus olhos me diziam *shhh*, como sempre, com severidade, e apontavam para Sobix. O pequeno continuava perscrutando o céu, a cabeça caída para trás – um céu cheio de estrelas que lhe corriam pelas bochechas, um mundo de ameaças interceptadas, de galáxias com longos cabelos de mãe. Ninguém acreditava nos mísseis, a não ser ele. Os outros três alimentavam aquela frágil ingenuidade que, numa bela manhã, haviam perdido sem saber direito como. A Vigia não era um jogo, mas uma conspiração. Um passe de mágica, um coelho tirado da cartola por um bando de mágicos amadores para um garoto de 9 anos. E como todos os músicos podem confirmar, é mais difícil subir no palco para uma pessoa do que para mil. É difícil decepcionar mil pessoas.

— Muito bem, quero me tornar um membro dessa sociedade. O que devo fazer?

— Basta pedir — respondeu Fuinha.

— Só isso?

— Sim.

— Então peço para ser um membro da Vigia.

— Pedido recusado.

Eu, um adolescente de quase 16 anos, que não derramava uma lágrima desde que a bola de fogo levara meus pais, quase chorei.

— Por quê?

— Porque é o lacaio do abade — disse Sinatra, tirando um pente do bolso para pentear os cabelos. — Por isso.

— Não sou o lacaio do abade!

— O queridinho, o mascote, o coroinha. Não precisamos de lacaios aqui.

Pulei em cima de Sinatra. Eu aprendera a brigar com um manual de treinamento ilustrado, no qual o adversário era derrubado sob impressionantes onomatopeias. Sinatra aprendera a brigar na rua. Sua bela envergadura de boxeador americano me colocou no chão. Ele flutuou por um momento acima de mim, os punhos fechados como Cassius Clay, *Sonny Liston no chão, ele tenta se levantar*, o árbitro contava, eu assistira àquela luta com meu pai, contra a vontade de mamãe, *é violento demais para ele, claro que não, deixe-o, querida, ele está grande o suficiente,* um-dois-três, *veja, filhote, é a vitória dos oprimidos, dos pequenos, dos deixados para trás,* um gosto de borracha na boca, um cheiro de ringue, de luta roubada, de sangue, sete-oito-nove, Edison segurava Sinatra, que queria acabar o serviço, o *bum* supersônico ao fundo, os gritos da multidão, dez, perdi os sentidos.

Minha avó, a inglesa, dizia quando estava viva: não consigo entender vocês, os franceses, com seus gêneros. Vocês invertem o masculino e o feminino. Vocês são cegos para a beleza, vocês celebram o tédio. Por exemplo: vocês dizem une voiture, *"uma" carro. Deveriam dizer "um" para uma coisa tão cúbica, tão tediosa. Mas vocês dizem* un baiser, *um beijo, para um milagre que pode durar uma vida. Deveriam dizer uma beijo. "Ele me deu uma beijo no carro", ficaria muito mais bonito, não?*
– Ei, 54, acorde.
Minha avó também dizia: gosto de duas coisas nessa vida. Mentir e jardinar. Gosto tanto de mentir que acabo de fazê-lo: detesto jardinar. Mentir é muito mais útil. Lembre-se disso, Joseph.
– Está delirando com uma vovó. Eu disse que você bateu forte demais.
– Não bati forte demais. Foi um tapinha de nada.
Mal conheci minha avó. Ela mentiu ao médico que quis saber se ela sentia alguma dor quando ele examinou seus seios durante um exame de rotina. Ela respondeu que não, porque ter os seios examinados não é proper *para uma inglesa, sabíamos aonde aquilo poderia levar. E mesmo que fosse por razões médicas, não mudava nada. Não, ela respondera, engolindo a dor no seio direito com a fleuma que sustentava todo um império, ela não sentia nenhuma dor. Alguns meses depois,*

estava morta. Eu tinha 6 anos, e minha mãe me explicara a doença de minha avó. Por muitos anos temi que seus seios a matassem também.
— Mãe!
Abri os olhos. Eu estava em minha cama, todo suado. Os garotos da Vigia me encaravam com alívio. Deviam ter me carregado até ali.
— Viu? — disse Sinatra. — Eu disse. Um tapinha de nada.

Meu olho pulsava. Eu não sabia se gritara "Mãe", poderia ter sido outro garoto. Estávamos acostumados a esses *mãe* gritados, murmurados, gemidos e procurados com grandes braçadas vazias no meio da noite, estávamos acostumados com eles como com a chuva batendo na janela. À minha direita, Fuinha foi para debaixo de sua cama. À minha esquerda, Momo fixava a escuridão com seu eterno sorriso, como se adivinhasse algo de engraçado em aquilo tudo. Pensando bem, acho que nunca o vi dormir. Mas ele devia dormir, ao menos naqueles distanciamentos escuros que às vezes o invadiam, que o punham em curto-circuito e o dobravam em convulsões que obrigavam a irmã Angélique a colocar um pedaço de madeira em sua boca para evitar que ele sufocasse. Momo balançou a cabeça, desviei os olhos. Ele me incomodava com aquelas palavras que não saíam. Ele me incomodava com aquelas sobrancelhas de taturana sobre um olhar apagado em que eu ainda não discernia o azul de Orã, o ouro dos desertos e a paleta cintilante da Argélia, tão bela que muitos eram aqueles que tentavam possuí-la.

Eu não era um santo, admito. Os garotos da Vigia menos ainda, mas eles tinham uma desculpa. Quando vemos uma criança tropeçando sob o peso de uma mochila ou um velho suando para puxar uma mala, corremos para ajudá-los. Aqueles garotos, porém — digo garotos, mas, com exceção de Sobix, eles eram quase homens –, nunca tinham ouvido ninguém se oferecer para carregar suas raivas. As pessoas os deixavam tropeçar nas calçadas e olhavam para o lado. Azar se caíssem. Melhor do que ser esmagado pelo que carregavam.

Eles eram durões, eles eram engraçados, eles não ganhavam nunca.

Meus amigos.

Nas noites de tristeza, nas noites de amargura, ainda penso neles.

— O QUE FOI ISSO? – gemeu Rothenberg. Os dedos pinçaram a aresta de seu nariz. Imóvel. Um mármore de desespero.
— O que foi isso? – ele repetiu.
Eu conhecia aquela expressão. Pensava ter tocado bem.
— O primeiro movimento da "Sonata nº 14", "Ao luar".
— Não foi o que você tocou. Você tocou uma monstruosidade. Explique-se.
— Pensei em Aline – confessei, corando.
— Quem?
— Uma garota da escola. Pensei nela, para entrar no clima.
— Que clima?
— Romântico, ora. Um passeio ao luar com quem gostamos.
Rothenberg explodiu, como se esperasse por aquele momento. Ele *esperara* por aquele momento – ensinara gerações de imbecis antes de mim.
— Romântico? É puro *schmaltz* o que você toca, o que escorre de seus dedos, veja, sujou todo o tapete. Mina! – ele gritou. – Mina! Quer *schmaltz* para as fritas? Joe tocou litros de gordura de ganso, sujou tudo! Traga a bacia!

— Acalme-se, Alon — pediu a sra. Rothenberg do primeiro andar.

— É Joseph — eu disse. — Não Joe.

— Joseph é um nome de pai de messias, de grande músico. Você não é nem um nem outro.

Melhor deixar a tempestade passar. As cóleras de Rothenberg eram lendárias. Elas brotavam de dentro dele mesmo, de três mil anos de ultrajes.

— Pedi que você preparasse esse movimento, sim ou não?

— Sim, senhor Rothenberg. Foi o que fiz.

— Você fez o quê?

— Estudei a partitura.

— Só olhou para a partitura? Começou no primeiro compasso sem se perguntar o que havia antes?

— Havia algo antes?

Peguei a partitura e a girei em todos os sentidos, para ver se as primeiras páginas estariam coladas. Rothenberg me deu um tapa atrás da cabeça.

— Você não leu as cartas de Ludwig a seu amigo Franz Wegeler, por acaso? Não, nem me responda, já ouvi o suficiente. Ouvi sua boca e ouvi seus dedos e as bobagens dos dois me exasperam! Não há luar algum, entendeu? Eu disse para não responder! Não há luar algum, esse nome foi acrescentado à sonata trinta anos depois, por um cretino. Em 1801, quando escreveu a peça, Ludwig não estava nem aí para a lua, entendeu?

Não respondi. Ele me deu um tapa atrás da cabeça.

— Entendeu? Responda, idiota! Perdeu a língua?

— Não. Quero dizer, não, não entendi.

— Claro que não, você não entendeu porque não leu as cartas de Ludwig a Franz Wegeler! Se tivesse lido, saberia que, na época, Ludwig já havia perdido boa parte da audição e não contara isso a ninguém, com exceção de alguns amigos. O adágio da número 14 não é um passeio ao luar. É uma *marcha fúnebre*. Um lamento. O que ouvimos é um gênio perdendo a audição!

Rothenberg parou de repente, sem fôlego.

– Toque de novo. E preste atenção à posição das mãos, diabos. Como se segurasse laranjas.

Obedeci, perturbado, errei duas notas nos cinco primeiros compassos e desisti.

– Não consigo, senhor Rothenberg. Estou com as mãos trêmulas.

– Até que enfim – respondeu meu velho professor.

— DEIXE VER ESSE OLHO. Meus dedos congelaram sobre o teclado. *Queira receber, monsenh...* Até a Hermès 3000 prendeu a respiração. Sénac levantou meu queixo, embora eu tivesse tomado o cuidado de não levantar a cabeça à sua chegada. A manobra funcionara com Girino, a quem eu presenteara o dia todo, como um egípcio, com meu belo perfil. Sénac estudou o círculo amarelo sob meu olho esquerdo, consequência de meu encontro com a mão direita de Sinatra.
— Andou brigando?
— Não, escorreguei no banho.
O abade se sentou à minha frente.
— Você sabe que pode me contar tudo, não é mesmo? A violência entre internos é inadmissível. Dê-me um nome.
Fiquei tentado a confessar tudo. A falar dos cretinos que não queriam saber de mim em sua sociedade secreta.
— Se alguém lhe fez isso, quero saber quem foi.
— Caí no chuveiro.
— Tem certeza?
— Sim.

— Perdão?
— Sim, *senhor abade*.
Ele se inclinou sobre mim com um sorriso melífluo.
— Tem certeza absoluta de que foi isso que aconteceu?
— Sim, senhor abade.
O sorriso não vacilou, apenas se crispou um pouco. Ele tirou o telefone do gancho e murmurou "Sr. Marthod, por favor" no aparelho. Alguns minutos depois, Girino chegava, ofegante.
— Queria me ver, senhor abade?
— Joseph escorregou no banheiro esta manhã. A segurança dos jovens que nos foram confiados é sua responsabilidade. Limpe o espaço dos chuveiros de alto a baixo e cuide para que não reste nenhum resíduo escorregadio.
— Agora? — perguntou o fiscal, incrédulo.
— Claro, agora. Aproveite para limpar o dormitório também, como penitência. Afinal, a limpeza aproxima da piedade. Não compareça ao jantar, perderia um tempo precioso. Quando tiver acabado, venha falar comigo. Ouvirei sua confissão. Pediremos ao Senhor que nos conceda a vigilância necessária e que endureça nossos corações contra o pecado da complacência.

Girino empalideceu ao ouvir o veredicto — sentia por Sénac uma admiração sem limites. Segundo um relato apócrifo mas persistente, uma irmã o ouvira dizer que "devia tudo ao abade". Por um momento, pareceu aflito.
— Esse incidente não deve se repetir, senhor Marthod. Cuide para que Joseph não tenha motivos de queixa no futuro.

Girino se voltou para mim. Pela primeira vez, notei que quase não tinha sobrancelhas. Seu rosto parecia cair da testa ao queixo, acabando em lábios moles que tremiam sob um olhar verde e redondo de anfíbio.

– Cuidarei, senhor abade, cuidarei. O senhor pode confiar em mim.

Ele beijou o crucifixo que usava no pescoço e deu uma batidinha em meu ombro antes de sair. O abade vestiu o casaco.

– Onde estávamos? Ah, sim: "a expressão de meus melhores sentimentos, e meus votos para uma rápida recuperação. Seu irmão em Cristo", *et cetera*, você conhece o resto. Arrume tudo, preciso sair. Celebro a missa em Sainte-Marie essa noite. Ah, e desça para ver Étienne antes de voltar ao dormitório. Diga-lhe que o portão principal não está fechando. Que ele arrume isso amanhã à primeira hora.

– Senhor abade?

– Sim, Joseph?

– O Cristo é nosso irmão?

– Claro que sim.

– Se o Cristo é meu irmão, por que estou aqui? Por que ele deixou que isso acontecesse?

– Jesus não salvou a si mesmo. Por que ele salvaria você?

– Porque eu não fiz nada!

– Mesmo que não tivesse feito nada, mesmo que não estivesse maculado pela fraqueza de Adão e pela arrogância de Eva, já pensou em seus pais? Eles também não fizeram nada? O que você sabe de seus pecados? Acredite, se você está aqui, é por alguma razão. Deus não é cruel.

Deus não pilota aviões, isso é certo. Mas não teria custado muito ajeitar um pouco as coisas enquanto o piloto não olhava, ou abaixar o nariz da aeronave alguns graus. O Caravelle não se partiria. Meus pais voltariam, minha insuportável irmã e eu brigaríamos como antes. Talvez nem nos falássemos mais, hoje em dia. Brigaríamos por estúpidas questões de herança. Teríamos cortado relações, coisas da vida.

Sim, por muito tempo acreditei que Deus era cruel. Sádico.

Até que um dia, no meio de uma sonata, entendi. Ninguém pensou que Deus talvez fosse mais surdo que uma porta? Que talvez já estivesse surdo quando seu filho clamou *Eli, Eli, lama sabachthani*, por que me abandonaste? Que ele não abandonou ninguém, pois viu os lábios lívidos de seu filho se mexerem, mas não entendeu? Todas aquelas coisas, a crucificação e seus desdobramentos, as catedrais que sobem aos céus, as controvérsias, as fogueiras, as unhas arrancadas e as auréolas concedidas – quase sempre aos mesmos – talvez não passassem de um gigantesco mal-entendido.

Se Deus é surdo, devemos perdoá-lo. Perdoá-lo, completamente, por nossos dias tristes e nossos corações dilacerados.

No caminho para a cabana de Étienne, cruzei com Sobix no pátio coberto. Ele perambulava com as mãos às costas, o rosto grave, passeando seus ares de velho sábio da esquerda para a direita. Sua sombra desmedida na parede, à luz do projetor do pátio, era a única a revelar quem ele realmente era.

– Que música era aquela, Joseph?
– Música?
– Aquela que você tocou no outro dia, no piano do abade.
– Era... Eu até diria, mas não posso.
– Por quê?
– Porque você não é membro da *minha* sociedade secreta.

Sobix aceitou minha vingança sem protestar e seguiu seu caminho, uma longa via crúcis à qual me arrependi de acrescentar uma estação.

– Espere. Beethoven, "Sonata nº 24", "Para Teresa".

Ele voltou até mim, me olhou de baixo para cima com seu ar de pequeno professor.
— O que é uma sonata?
— Um tipo de... carta em música.
— Quem é Teresa?
— Você me cansa com todas essas perguntas. Por que quer saber quem é?
— Bom, se eu escrevesse para Mary Poppins, usaria palavras doces. Mas se escrevesse para Suzanne, que foi minha mãe adotiva e de quem eu não gostava muito, usaria palavras nada doces. Então como pode tocar essa carta se não sabe para quem foi escrita?
Sobix. Quero acreditar que um dia alguém sentirá, na atmosfera macia de uma noite de verão, na matéria do mundo, que você esteve aqui por um breve instante. Que alguém sentirá, se procurar bem, um pequeno vazio em forma de Sobix.

Trens. O *bum* supersônico vinha de simples trens. Étienne me explicou tudo quando desci para lhe levar a mensagem do abade. Ele sabia do assunto — tinha sido ferroviário naquela linha antes de se tornar faz-tudo em Confins.
— Vamos esperar o próximo. Você vai ver. Fuma? Não direi nada ao Corvo.
— Quem?
— Sénac, imbecil.
Ele me estendeu um cigarro, que coloquei atrás da orelha como vira os rapazes do último ano fazendo na época do liceu. Uma via férrea acompanhava o terraço mais baixo do orfanato, sem qualquer divisória. Os dois pertenciam ao Estado, os trens de um lado, os órfãos do outro, e enquanto

os segundos não caíssem embaixo dos primeiros, melhor economizar em grades. Os trilhos entravam num túnel a poucos metros da cabana de Étienne.

– Ele está se aproximando. Ouça os trilhos cantando. A chamada *berceuse*, canção de ninar.

A fera subia, seus olhos alaranjados cheios da névoa que se abatia sobre o vale ao fim do dia, mesmo em pleno verão. Os faróis lacrimejavam longos rastros cor de âmbar.

– Está acelerando – explicou Étienne. – Esse maldito túnel é tão estreito que se você não entrar nele exatamente a oitenta quilômetros por hora, as laterais raspam as paredes por causa da oscilação. E os engravatados de Paris raspam seu salário.

A locomotiva mergulhou na montanha, puxando seus trinta vagões. Grávida de metal e madeira, combustível e leite, cimento, carros, peças de avião, modernidade. Uma imensa parte do comércio entre o norte e o sul passava por ali, saturava aquela via que não fora concebida para um trânsito daquele porte. Ela ligava a França à Espanha, Le Havre a Tânger, o Atlântico Norte ao Mediterrâneo.

– Cinco quilômetros escavados a golpes de picareta e dinamite por homossexuais, judeus, bascos e poetas – explicou Étienne. – Todos os que Franco detesta. Nós dizemos "escravos", eles dizem "prisioneiros políticos". Estão construindo uma ligação mais moderna para os lados de Aragnouet, mas só encontram problemas. Morreremos antes que consigam.

Regularmente, homens, mulheres e famílias tentavam fugir da Espanha do Caudilho pelo velho túnel. Impossível. Cinco quilômetros sem o menor espaço onde se esconder quando o trem passasse. Alguns centímetros entre os vagões e as paredes, no máximo. O condutor precisava ter um controle perfeito de sua velocidade para que o trem seguisse em linha reta. O interior era mais escuro que um buraco, até os faróis falhavam. Do lado francês, como do lado espanhol, uma fila de comboios esperava sua vez. Quando um saía, o outro entrava em sentido contrário, a cada meia hora. Os que entrassem a pé não teriam a menor chance. Étienne jurava que as paredes do túnel eram vermelhas do sangue dos imbecis que se arriscavam a atravessá-lo. Melhor que não se enxergasse nada lá dentro. Ele mesmo, quando ainda conduzia, várias vezes sentira pancadas suspeitas, tremores inexplicáveis na locomotiva.

– Não pensávamos. Fazíamos nosso trabalho.

O último vagão desapareceu diante de nossos olhos. Menos de dez segundos depois, *bum*, um soco de ar percutiu meu peito. Étienne começou a rir.

– Como não há muito espaço entre o trem e as paredes, a locomotiva empurra o ar para a frente. A pressão aumenta na frente, garanto a você que a sentimos nos vidros, tudo começa a tremer. Atrás, ela cria uma área de baixa pressão. Mas a natureza tem horror ao vácuo, você deve ter aprendido isso na escola, não? Então o ar começa a escapar por todos os espaços, pelos lados, por cima, por baixo, ele escorre ao longo do trem, e a pressão se equaliza de repente atrás do comboio. É o barulho que você ouve. Devido à configuração dos vales, você também ouve o som do lado espanhol ecoando até aqui. Se prestar atenção, verá que não é exatamente igual.

– Mas... isso não o impede de dormir?

Étienne tirou uma garrafa do bolso.

– Quando chegar à minha idade, você vai ter medo do silêncio, não do barulho. Bom, agora vá. Diga ao Corvo que consertarei o portão da entrada amanhã de manhã, embora não veja o motivo de tanta urgência. Enfim, isso você não diz. Melhor se apressar. Vai chover.

Étienne voltou para sua cabana, mas não subi imediatamente. Nuvens pesadas passavam pelos picos, um trovão roncou e a grama tremeu. Uma estranha sensação me acompanhara o dia todo, a impressão de que aquele não era um dia como os outros. A impressão de que um direito fundamental tinha sido desrespeitado, uma dívida recusada, a mim que teria jurado, no entanto, não ter mais nada me prendendo. E quando entendi, comecei a rir, a rir sozinho, ri de perder o fôlego, correndo na grama trincante, de um terraço a outro. A data, claro. Dia 28 de julho de 1969. Ainda havia algo me prendendo.

Meu aniversário. Dezesseis anos desde que minha mãe me parira à noite numa clínica de Saint-Mandé, praguejando, bufando, forçando meu pai a jurar, enquanto esmagava sua mão, que eles nunca mais repetiriam aquilo, e talvez esse perjúrio fosse o pecado que eles precisassem expiar. O abade tinha razão – o que eu sabia dos pecados de meus pais?

O céu se abriu em grossas gotas, quentes, com cheiro de feno e férias. A escuridão era tão densa que poderia ser cortada com uma faca. Ergui o rosto para inspirar a tempestade a plenos pulmões.

Girino não me deu tempo.

Eu não ouvira sua aproximação. Ele me imobilizou com uma chave de pescoço e colocou um velho lenço com gosto de óleo queimado sobre meu rosto. A chuva aumentou. Seria mais simples não resistir, Girino era forte demais. Mas lutei, por princípio, por hábito, como todos aqueles que ele devia ter matado antes de mim sob outras tempestades. Aqueles que também não o ouviram chegar por entre as samambaias e as palmeiras, aqueles que se acreditaram em segurança. Meu campo de visão se encheu de medusas sanguinolentas, meus pulmões, de edemas de raízes necrosadas. Minha língua e meus dentes procuravam o ar. Nada entrava, nenhum filete, nenhum átomo, apenas um gosto atroz de óleo e muco. Girino era um virtuose.

Cama 54, aqui é Columbia, *detectei uma falha em seu regulador de oxigênio.*

Michael Collins? É você?

Você me chamou, não?

Pensei que não tivesse me ouvido, no outro dia.

Ouvi. Revide. Com os punhos, com os pés, revide como quiser, mas com um golpe baixo.

Meu punho encontrou algo mole, meu calcanhar, uma tíbia. Girino gemeu de dor. De repente, ar. Grama sob minha bochecha. Confins jazia de lado, uma paisagem derrubada. Respirar. A poucos centímetros de mim, um rola-bosta ziguezagueava entre os pingos de chuva. Tentei me levantar, endireitar o mundo. Um pé entre minhas omoplatas me manteve no chão.

O estalo da fivela de um cinto. O som de uma braguilha sendo aberta. Um líquido quente me cobriu as pernas, um cheiro de amoníaco se misturou ao de terra molhada.

– Da próxima vez – disse uma voz distante –, preste atenção no que diz, e a quem o diz.

Girino sacudiu as últimas gotas, fechou a braguilha e se afastou a passos largos.

Quando voltei a abrir os olhos, me vi correndo. Numa escuridão de Gênesis, de primeiro dia, de trevas antes da luz, quando só havia abismo, água e Deus. E de novo, Deus, eu pedia para ver. A tempestade havia aumentado. Ela apagava todos os meus incêndios, lavava a terra de meus cabelos, a lama de meu rosto, a urina de Girino de minhas roupas. Eu não sabia onde estava. Mas precisava correr. Disso, tinha certeza. Um frio terrível me perseguia, eu sentia seu hálito em minha nuca.

Pare, garoto. Assim vai pegar uma pneumonia.

Não, Michael Collins. Você não passa de uma voz dentro da minha cabeça.

Muitos homens têm uma voz dentro da cabeça. Os mais espertos negociam com ela. Pare de correr, estou dizendo.

Não sou louco. Estudei o plano de voo da Apollo 11, com meu pai. Li tudo sobre Buzz, Neil e você. Sei que vocês devem ter voltado à Terra, a esta altura. Você não pode estar falando comigo. É impossível.

Pronto, começou. Seu velho professor, Rothenberg, tem razão. Você não ouve. Não importa quem eu sou. Estou falando com você, é isso que importa.

Deixe-me correr em paz, Michael Collins. Se eu parar, o frio me alcançará. Ninguém pode me ajudar. Estou sozinho.

Não me faça rir, garoto. Quer que eu fale da solidão, da solidão de verdade? Da angústia que senti quando o Columbia *orbitava atrás da lua, a cada rotação? Quando a escuridão cortava o sinal de rádio que me ligava ao resto da humanidade? Você tem ideia dos monstros que vivem lá, atrás das crateras?*

Desculpe, Michael Collins. Eu não queria aborrecê-lo. Meu pai dizia que o verdadeiro herói dessa missão era você. Que era preciso ter nervos de aço para pilotar o *Columbia*.

Esqueça os nervos de aço. Era isso que eu queria dizer em seu aniversário. Nosso pequeno segredo, porque você também é um astronauta, à sua maneira. Você sabe como aguentei, a cada passagem por trás da lua? Como resisti ao esmagamento do silêncio e da escuridão? Eu sabia. *Eu sabia que o* Columbia *acabaria emergindo na luz. É uma questão de órbita. Acredite em minha experiência. A pior solidão não dura mais que 47 minutos.*

Em algum lugar dos arquivos da Gendarmaria Nacional você talvez encontre o relato daquela noite, a noite de meu décimo sexto aniversário. Vai precisar se dirigir, mais exatamente, ao setor histórico do Ministério da Defesa e solicitar os dossiês do 4º comando regional, circunscrição de Midi-Pyrénées, corpo de gendarmaria de Hautes-Pyrénées e, mais exatamente ainda, à gendarmaria de Lourdes. Se os arquivos não tiverem queimado, se não tiverem sido perdidos, roubados, danificados, você poderá consultar um relatório.
Ele deveria dizer o seguinte:
Relatório do policial Louviers, 31 de julho de 1969.

Por volta das 22h15 do dia 28 de julho de 1969 recebemos uma ligação do estabelecimento Os Confins, *pertencente à Direção Departamental de Assuntos Sanitários e Sociais e administrado pela diocese de Tarbes, informando a fuga de um interno. Às 23 horas, o sargento-chefe Cazaux e eu encontramos um jovem vagando pela estrada de Lourdes. Visivelmente desorientado, ele se identificou espontaneamente como "Joseph Marty, órfão e astronauta", antes de perder os sentidos. Ele corria sob a chuva e tinha percorrido oito quilômetros. O chefe Cazaux e eu, depois de uma consulta telefônica ao estabelecimento* Os Confins, *e considerando que ele não apresentava ferimentos, decidimos levá-lo à gendarmaria. Durante o relatório, Joseph Marty nos declarou ter sido agredido por um certo "Girino", o fiscal-geral do orfanato. Essa agressão o teria levado a fugir, aproveitando um defeito do portão principal.*

O abade Sénac, diretor de Confins, *veio pessoalmente buscar o jovem pouco antes da uma hora. Com um início de febre, Joseph Marty não opôs resistência. Confrontado às acusações do jovem, o abade Sénac, cujas ações caritativas e cujo devotamento são conhecidos em todo o departamento, nos explicou que Joseph Marty era um recém-chegado, psicologicamente frágil, ainda muito abalado com a morte dos pais. As acusações, segundo ele, são típicas de jovens com necessidade de atenção e em situação de extrema angústia emocional. Ele nos convidou a visitá-lo quando quiséssemos.*

No dia seguinte, fomos à instituição Os Confins. *Recebemos uma acolhida calorosa dos órfãos e funcionários. Os alunos, interrogados em grupo e individualmente, segundo os procedimentos, nos garantiram que nunca foram vítimas de maus-tratos. Todos parecem admirar muito o diretor espiritual, bem como o fiscal-geral Marthod ("Girino"), descrito pelas crianças como "super legal" e pelas irmãs dominicanas que trabalham em* Confins *como "severo, porém justo". O sr. Marthod afirmou não querer mal ao jovem Marty e entender o sofrimento de sua situação. O sr. Marthod também nos pediu para transmitir seus cumprimentos ao coronel Laffite, do comando de Bordeaux.*

Dadas:

— a pouca credibilidade do querelante;

— a ausência de qualquer ferimento no corpo do querelante;

— a estima geral de que goza a direção do estabelecimento,

a tese de fabulação parece confirmada. Não nos parece necessário dar seguimento às investigações.
A ser repassado ao senhor procurador da República.

A febre durou doze dias. Um médico subira de Lourdes, em vão. Irmã Angélique murmurou que eu é que deveria descer até a cidade negra dos anjos caídos, porque uma febre daquelas não era normal, porque uma febre daquelas era obra do diabo.
O procurador da República arquivou meu caso.
Vozes falavam comigo, em longas ondas sinusoidais. Eu captava todas as rádios do universo. Por doze dias, deixei de ser órfão. Minha mãe torcia um pano e o colocava sobre minha testa. Meu pai me forçava a engolir poções amargas, *é para o seu bem, Rothenberg nos passou a receita, um segredo ancestral do gueto de Veneza*. Várias vezes vi Momo se retorcer na cama vizinha, na enfermaria, tanto de dia quanto de noite. Quando não dançava seus rodeios epiléticos, ele me encarava, agarrado ao burrico de pelúcia com as forças que lhe restavam. Com as forças que me restavam, eu virava o rosto. Se a realidade fosse Momo, eu preferia a febre, suas ondas surdas, suas pontadas contidas e seus tremores sombrios. Eu preferia arder no fogo límpido das visões.
Os antibióticos não adiantaram nada. Eu poderia ter contado a eles. Contado que meu mal não poderia ser curado com penicilina e cataplasmas, tampouco com os exorcismos noturnos lidos em segredo por irmã Angélique de um livrinho que lembrava meu manual de calistenia. O verdadeiro problema eram as lágrimas.
Evitei o assunto o máximo que pude. Mas preciso falar das lágrimas. Eu não tinha derramado nenhuma depois do

acidente, depois que minha família e o avião se fundiram num cadinho de fogo, nenhuma. Eu não as havia *encontrado*, murmurara o psicólogo. Mas não porque não as procurara. Por mais que eu tentasse, imaginasse os caixões de meus pais, pensasse no insuportável pequeno caixão cuidadosamente colocado entre eles no dia do enterro, na madeira que os separava de mim num momento em que teria sido tão bom tocá-los, nada acontecia. Mas o universo exigia minhas lágrimas inexistentes, e dessa dívida nascia o mal que tomava meu corpo.

Aos 16 anos e doze dias, abri os olhos em plena madrugada. Momo estava sentado em minha cama. Segurava minha mão com força e chorava. Chorava como ninguém nunca mais ninguém chorou, chorava como se chorasse ao pé de uma cruz, nos braços das madonas, o rosto transtornado. Ele chorava mundos. Ele chorava por mim, que não conseguia fazê-lo.

Irmã Angélique, pela manhã, anunciou o milagre. Minha febre sumira. Ela me fez levantar e ajoelhar sob um conciliábulo de estrelas evanescentes e recitar três pais-nossos. Sobix já percorria o pátio, batendo o queixo, com uma capa de mijo nos ombros.

Depois daquele dia, o menino de olhos de Orá e eu, o pescador de ouriços-do-mar de poucas palavras e eu, Momo e eu, nos unimos por toda a vida, até a morte. Ele era minhas lágrimas, eu me tornei sua voz.

AZUL, AMARELO, VERDE. *A noite estrelada*, de Van Gogh. Uma reprodução impressionante, de enganar, estava pendurada acima do piano de Rothenberg. Eu a conhecia nos mínimos detalhes, de tanto observá-la. Rothenberg me deu um tapa atrás da cabeça no dia em que usei a palavra "falso".

– E se eu tocar isso?

Ele martelou os primeiros acordes da "Hammerklavier".

– Se eu tocar isso, é um falso, cretino? Não é Ludwig, por acaso?

– Acalme-se, Alon – disse sua mulher, atravessando a sala. – Não deve se exaltar.

– Não confunda cópia e interpretação, imbecil. Se essa tela fosse uma cópia vulgar, eu a teria jogado fora há tempos. É Van Gogh que você vê ali.

– Mas não foi pintado por ele.

– Como podemos saber? Talvez ele tenha pintado duas versões. E mesmo que tenha pintado apenas uma, esta aqui não existiria se ele não tivesse pintado a primeira. Portanto, podemos dizer que ele pintou as duas. Ou melhor, Van Gogh não pintou este quadro, mas o pintou mesmo assim.

— Então quando toco Beethoven...

— Quando *você* toca Beethoven, Ludwig se revira no túmulo. Mas quando Kempff toca Beethoven, quando Fischer, quando aquele garoto argentino, Baremboim, toca Beethoven, aí é outra coisa. Quando *eles* tocam, talvez não seja Beethoven tocando, mas mesmo assim é Beethoven tocando.

Azul, amarelo, verde.

Estamos longe da estação de trem em que nos conhecemos, você e eu. Longe dos aeroportos e dos pianos públicos. Você está quase arrependido de ter feito sua pergunta preferida, o que um homem como o senhor faz aqui? Mas se estiver pensando que mudei de assunto, que perdi o fio da meada com minhas histórias de aviões, deuses surdos, órfãos, quadros e, em breve, garotas com nome de flor, é porque está olhando de perto demais. Ficou vesgo de tanta força que fez e enxerga a mesma coisa que eu, cinquenta anos atrás.

Azul, amarelo, verde.

Com o nariz colado ao quadro, você não enxerga *A noite estrelada*. Portanto, paciência. Deixe-me destilar as cores de minha noite.

Quando cheguei à aula de educação física, como um fantasma recém-saído da enfermaria, Rachid apontou para o banco com um gesto seco.

– Você não – ele disse, enquanto os outros começavam a girar pelo pátio.

Sentei ao lado de Momo, que ninguém jamais pensara em educar, nem mesmo fisicamente. Rachid vigiou os alunos, bateu palmas, gritou "vamos lá, vamos lá" com sua voz melódica, *vamulá vamulá* que não surtiam efeito. Rachid não se importava. Ele sabia que dava aulas a uma turma de titãs condenados a carregar o universo nos ombros por terem ofendido os deuses. Não precisava pedir-lhes, também, que corressem mais rápido.

O único que se esforçava, que *realmente* se esmerava, era Fuinha. Ele passava de um grupo a outro, diminuía a velocidade para se deixar alcançar, acelerava de novo. Dávamos dez voltas, ele dava quinze. Aquele era o momento de suas negociações. Ele coletava dinheiro, promessas, pedidos, apresentava tudo num mercado já virtual do qual ele era o computador central, vendia, comprava, fazia os preços subirem, liquidava lotes de tarefas comuns, bibelôs, tintas coloridas, barras de chocolate, moedas, cédulas. Fuinha memorizava tudo. Nada de físico era trocado no pátio, em cuja lateral Girino saltitava com ar desconfiado. As transações só seriam executadas mais tarde, em esbarrões, cruzamentos e balés de mãos que passavam, escamoteavam divisas e produtos na curva de corredores e filas de espera, embaixo de escrivaninhas e mesas, rede subterrânea e discreta longe dos olhos que, perfeitamente inocentes, flutuavam na superfície.

Entre dois *vamulá*, Rachid se aproximou e me analisou com ar severo.

– Ouvi falar que tentou fugir. Que eles o pegaram a oito quilômetros daqui, depois de uma hora. Fiquei desapontado.

Ele colocou um pé em cima do banco, bem a meu lado, e se inclinou para amarrar o cadarço.

– Oito quilômetros por hora – murmurou. – Se quiser ir embora, vai precisar correr mais rápido.

O abade não dissera nada. Ele me vira no café da manhã e não mencionara minha escapada. Inclusive *sorrira* para mim. Mas quando Girino apitou o fim da aula de educação física, uma janela se abriu no primeiro andar. Sénac interceptou meu olhar e balançou lentamente a cabeça.

Ele me esperava, ainda à janela, o olho na luneta de observação. Apontou para três manchas pretas que oscilavam ao vento, pairando numa corrente ascendente.

– O filhote de abutre-barbudo está aprendendo a voar. É a primeira vez que seus pais se afastam tanto do ninho. Faz um ano que os observo. O ninho fica no platô acima de Confins. Magnífico, não é mesmo? Você sabia que restam apenas alguns casais em todos os Pirineus? É uma espécie ameaçada. Muito frágil. À menor perturbação, abandonam o ninho.

Ele pousou a luneta, voltou à escrivaninha e uniu os dedos embaixo do queixo, sob aquele estranho rosto de bebê em que apenas os olhos pareciam velhos. O restante era rosado, bem nutrido, cheio de saúde. Sénac estava sempre impecavelmente penteado, impecavelmente escanhoado, as bochechas martirizadas pela lâmina do barbeador e santificadas por um halo de água de Colônia.

– Rezei muito por você, Joseph. Pedi muito a Deus que me indicasse onde eu havia errado. O que eu havia feito para que certa noite a gendarmaria me ligasse, para que o nome de Confins fosse publicamente maculado pela fuga de um dos seus.

– Não foi o senhor.

– Perdão?

– Não foi o senhor, senhor abade. Foi Gir... O sr. Marthod.

– Ah, sim, essa história ridícula. Ele não o demonstra, mas sei que o sr. Marthod ficou muito abalado. Ainda bem que os policiais estão acostumados com lorotas.

– Ele me agrediu, para se vingar!

– Se vingar do quê? Por que teria raiva de você?

Porque menti sobre meu olho roxo. Porque não foi culpa dos chuveiros que o senhor o fez esfregar.

– Joseph?

– Não sei...

– Você *viu* o sr. Marthod naquela noite? Viu da mesma forma que o vejo agora?

– Não.

– Resumindo. Você não tem nenhum ferimento. Você não *viu* o sr. Marthod. E ele não tem motivo algum para ter raiva de você. Correto?

— Sim. Sim, senhor abade.

— Não será possível que você imaginou tudo? Você estava com muita febre.

— Eu... não sei.

Sénac inspirou profundamente. Suas mãos postas, ou melhor, *apoiadas* na escrivaninha à sua frente, eram percorridas por tremores.

— É uma pergunta simples. Será possível que você imaginou tudo? *Sim ou não?*

— Sim.

— Pronto. Você imaginou tudo. É bom reconhecê-lo.

As mãos relaxaram, alisaram a parte da frente da batina, impecavelmente passada.

— Sem minhas boas relações com as autoridades, o caso poderia nos ter causado constrangimentos. E se houvesse uma investigação? Você pensou nisso? Somos a única família que muitos de seus colegas jamais tiveram. O que seria deles se Confins fosse fechado? Lá fora nada os aguarda, entende?

— Sim, senhor abade.

— Não me enganei ao confiar em você, não é mesmo?

— Não, senhor abade.

— Espero que não. Porque você não seria o primeiro a me decepcionar.

— Como Danny?

Não sei por que mencionei esse nome. O abade se retesou na mesma hora.

— Quem falou de Danny?

— Os outros.

— E o que eles disseram?

— Que ele está morto.

— Não seja ridículo. Danny não está morto. Ele voltará em glória, no dia do perdão de seus pecados, e o Cristo caminhará com ele. Junte-se aos outros, agora. Tenho um anúncio a fazer.

O anúncio se referia à visita de uma pessoa importante, um dos maiores doadores da diocese, um homem de cuja generosidade o bom funcionamento de Confins dependia. O abade nunca fez esse anúncio: o visitante em questão já estava lá, de pé no *hall* de entrada, quando descemos. Ele chegara antes da hora, graças a um Triumph GT6 estacionado bem no meio do pátio, quase escondido sob o grupo de órfãos amontoados a seu redor. Pela primeira e última vez, vi o abade Sénac sem jeito.
— Senhor conde, eu não o esperava tão cedo. Não fui avisado...
O ritmo entraria em minha vida. O ritmo de Rothenberg, de Beethoven, dos Stones. O ritmo de Deus e do diabo, a única coisa que os dois compartilham. O conde tinha algo extraordinário, que não era nem sua altura, nem sua elegância, nem o fato de usar os sapatos *richelieu* que tinham feito a fortuna de minha finada família. O extraordinário esperava dentro de seu carro, no assento do passageiro, e entendi naquele momento, quando a porta se abriu, que não eram as curvas do seis-cilindros que os outros admiravam. Uma menina desceu, ou melhor, uma jovem, embora ela fosse apenas pouco mais velha que eu. Parecia incomodada, e com razão. Quarenta e dois olhares abismados, de 5 anos do mais jovem, 17 do mais velho, estavam pousados sobre ela, sonhando com mães, amantes ou uma perturbadora mistura das duas. Fuinha fingia não olhar, Sinatra envesgava de tanto tentar se parecer com seu pai. Somente Edison estava *realmente* interessado no carro e enfiou a cabeça no veículo.

Sobix tocou nossa visitante com o dedo. Ela levou um susto, tentou dar um passo para o lado, mas ele pegou o tecido de seu vestido para sentir sua maciez, depois esfregou sua bochecha nele. À sua maneira, Sobix era um especialista – aquela garota não usava qualquer roupa. *Dior*. Minha mãe me levara tantas vezes à loja da Rue Montaigne que as vendedoras me consideravam um membro da família. Minhas horas de perambulações pelo ateliê, durante as provas de roupas, tinham me ensinado uma coisa ou duas. Aquele vestido vermelho de saia evasê, fechado por um grande botão no ombro, tinha sido desenhado por Marc Bohan para a coleção de alta costura de 1961-1962. Ela devia ter pegado emprestado de sua mãe. O conde era rico, não perdulário.

– Você viu *Mary Poppins*? – perguntou Sobix à garota.

Ela olhou para ele com espanto.

– Então, viu *Mary Poppins* ou não?

– Sim... Vamos, papai?

– Aproxime-se, Rose. Padre, deixe-me apresentar-lhe minha filha.

A rosa se aproximou, caminhando toda dura no meio de duas fileiras de órfãos. Fez uma reverência antiquada ao abade.

– Eu não sabia que chegaria tão rápido, senhor conde. Senhorita, gostaria de um refresco?

– De minha parte, eu gostaria de ver o novo telhado, que era tão importante instalar e que fez com que minha mulher não pudesse trocar de carro esse ano – disse o conde rindo. – Mas o que fazer, precisamos proteger nossas queridas crianças da chuva, não é mesmo?

– Todos são muito reconhecidos ao senhor conde. Por aqui...

— Acho que minha filha dispensará a visita. A estrada a cansou. Ela poderia descansar em algum lugar, enquanto espera por nós?

O abade interceptou meu olhar, arrancado um segundo antes das delicadas curvas da flor.

— Joseph, conduza nossa convidada a meu gabinete, e peça para irmã Albertine buscar o que ela quiser beber.

— Uma Coca-Cola — disse a garota.

Quarenta e dois garotos caíram na gargalhada. Alguém disse: "Acabou, mas sobrou champanhe!". A rosa cerrou os dentes, o abade bateu palmas secamente, o bando se colocou em posição de sentido. Girino puxou Sinatra, o autor do comentário, e o levou para dentro do prédio. Com uma mão no pescoço, como velhos amigos. Os pés de Sinatra mal tocavam o chão.

Conduzi a jovem ao primeiro andar, afastei-me para deixá-la entrar — ela pareceu surpresa. Ela percorreu a peça, olhando desdenhosamente em volta, os olhos ardentes sob a franja negra. Era alta, muito pálida, como se o sangue de suas bochechas tivesse passado para seu vestido, tinha um nariz decidido, quase masculino. Dentes um pouco grandes demais, bons para morder maçãs, o canto dos olhos um pouco caídos. Eu não sabia que era bonita, ou prestes a sê-lo. Ela se deteve na frente das estantes, o dedo no dorso de um grande livro equilibrado entre duas estátuas da Virgem.

— Estranho, não?

Ela dizia *estraanho*. Duplicava os *a* com elegância, apenas essa vogal, não as outras, que não eram tão bonitas de duplicar. Deixava-as rolar na boca, e me dava vontade de juntá-las, como um Pequeno Polegar prestativo.

— O que é estranho? — perguntei, com um *a* de aflitiva banalidade.

– Essa enciclopédia. Ela tem um único tomo, T-Z. Por quê?
– Não sei. É de Sén... do senhor abade.
– Hmm. Verdade que as enciclopédias custam caro. Eu tenho a *Britannica*. Inteira.
– Que você lê bebendo Coca-Cola.

Ela me olhou longamente, como as mulheres sabem fazer quando declaram guerra, uma guerra impiedosa. E continuou suas perambulações, dessa vez parando na frente do piano e correndo os dedos sobre o tampo.

– Não deve tocar em nada – murmurei.
– Acenda a luz.
– Hein?
– Acenda a luz, já disse.

Apertei no interruptor. Com o queixo, ela apontou para a lâmpada.

– Está vendo isso? É graças a meu pai que vocês têm luz. Ele doou quinze mil francos para refazer o sistema elétrico, há três anos. Lembro bem, porque não ganhei o que queria de aniversário, porque era preciso *ajudar os órfãos*. Sem ele, vocês seriam albinos, de tanto viver na escuridão como ratos. E molhados de chuva, por causa do telhado que estava cheio de goteiras antes de doarmos o suficiente para refazê-lo. Isso, vocês seriam ratos molhados *e* albinos. Então eu toco no que quiser. Porque tudo isso – concluiu, abrindo os braços – é nosso.

Ela abriu o piano. *Seu* piano. Suas mãos eram pálidas, ainda mais que seu rosto, quase exangues. Tinha os dedos mais lindos que eu jamais vira. E quando tocou, prendi a respiração. Não porque fosse talentosa – não era. Mas porque tocou Beethoven, a número 26, "Les Adieux". Um Beethoven hesitante, desajeitado, um Beethoven apavorado, que procurava seu caminho nos emaranhados da surdez. Ela me viu e franziu o cenho.

— Por que me olha assim?
— Por nada.
— Nunca viu alguém tocar piano? Não, claro que não, num lugar como esse vocês devem estar acostumados com banjo.
— Não é assim que se toca.
— Não é assim que se toca o quê?
Aproximei-me lentamente, pisando a cada passo em cima da promessa que fizera ao abade, de não encostar no piano. Quando coloquei a mão sobre o teclado, a promessa estava desfeita. Rose não saíra do banquinho. Eu estava de pé a seu lado, apertei as teclas com leveza, paralisado pela expectativa.
— Então? — ela disse, zombeteira.
Ela cheirava a pó de arroz, calêndula, lavanda. A algo medicinal também. E, como fragrância principal, um toque indefinível de arrogância bonita, noturna, uma arrogância de aristocrata que fugia da impertinência do sol. Ela tinha cheiro de lua. Eu ouvia as batidas de seu frágil coração. Eu não queria cobrir aqueles batimentos, seria um crime, mas precisava colocar certa força nos primeiros acordes de "Les Adieux". Precisava tocar rápido, antes que nos surpreendessem. Precisava tocar devagar, porque não devemos dizer adeus sem arrastar os pés, sem nos voltarmos várias vezes, como quando Momo tinha visto seu país se perder na bruma, com sal nos lábios. E isso tudo eu precisava colocar num espaço restrito, inexistente, alguns centímetros cúbicos sob meus dez dedos, o *presto adagio* a fúria o silêncio, sob minhas palmas curvadas sobre laranjas imaginárias.
Coloquei tudo isso em três toques simples. *Mi bemol/sol.* Rose estremeceu. *Si bemol/fá.* Me encarou de boca aberta. *Dó menor.* "Les Adieux". A porta se fechava, suavemente, para um lugar ao qual não se voltaria. Rose começou a tremer, a

respiração estranha, um pouco sibilante. Ela adivinhava, entre as notas, os tristes Caravelle, os momentos de incandescência, os fantasmas de Ludwig e os meus. Também havia, naqueles intervalos, coisas que nem Ludwig nem eu víramos. Guerras, reconciliações, juramentos de fim, recomeços. Havia um beijo num jardim cheio de oliveiras, trinta moedas ao luar, havia uma cortina rasgada, uma paz ofuscante, um centurião que percebia seu engano. Havia um temor, com fissuras em que a beleza florescia. Rose cambaleou, apoiou-se no canto do piano. Levantei as mãos depois de vinte compassos. Os primeiros compassos de música que eu tocava na vida.

– Prodigioso.

Na porta, à frente do abade, o conde aplaudia com o refinamento de um frequentador de salas de concerto. Sénac também aplaudia, com exagerada lentidão. Um tique nervoso erguia o canto direito de seus lábios, uma dissonância em suas bochechas redondas e lisas. Todo o seu ser se firmava naquele sorriso de palhaço sem maquiagem.

– Prodigioso – repetiu o conde. – Magnífico, não é mesmo, Rose?

Rose olhava para o piano, para mim, para o piano. Ela não entendia. Não entendia como aquele magricela que ainda não habitava completamente a própria pele conseguira produzir *aquilo*. Eu também não entendia.

– Joseph é um de nossos melhores alunos – anunciou o abade. – Agora, Joseph, se puder nos deixar a sós e voltar em uma hora para me ver... Há algo que preciso discutir com você.

– Um momento, padre, um momento... Minha filha precisa de aulas de piano. Joseph talvez possa ministrá-las?

– Seria um prazer, mas Joseph já tem muito a fazer e temo que não possa se liberar antes do retorno de vocês a Paris...

— Não voltaremos a Paris. Ou melhor, Rose e sua mãe não voltam a Paris. Elas ficam aqui ao menos até o início do ano que vem, na propriedade, enquanto cuido de alguns negócios sem importância. Vou e venho a cada duas semanas, nos finais de semana.
O sorriso de Sénac não vacilara.
— Entendo, entendo. Ou melhor, não completamente. Rose tem... 16 anos, acredito? Deve estar indo para o penúltimo ano, não? No liceu Louis-le-Grand, o senhor me disse. Temo que o nível geral do liceu de Lourdes...
— Rose será escolarizada em domicílio — interrompeu-o o conde. — Dou muita importância à qualidade de sua educação, é claro. E a suas aulas de piano, visto que não poderá voltar ao Conservatório antes de março ou abril. Enviarei meu motorista todos os sábados e ele trará Joseph de volta logo depois da aula. Por volta das 3 horas da tarde, pode ser?
— Ter aulas com *ele*? — explodiu Rose. — Mas ele é...
Sénac e seu pai esperavam. Nenhum dos dois tinha entendido. *Órfão*.
— Ele é o quê?
— Ele é... Ele deve estar ocupado.
— Tenho certeza de que encontrará algum tempo, não é mesmo? Combinado, então?
— Perfeitamente, senhor conde.
— Formidável, formidável. Obrigado, padre, por sua acolhida. Voltarei com mais tempo para discutir os próximos investimentos necessários ao bem-estar de nosso rebanho. Vamos, querida?
Sua filha fez um esforço prodigioso para sair do piano, reuniu as forças que lhe restavam e me lançou um olhar de puro ódio, como se tudo fosse culpa minha. Diante do piano, ela era pobre. Eu lhe atirara sua mediocridade na cara,

por muito tempo acreditei que me detestava por isso. Mais tarde entendi que invejava minha liberdade. Uma liberdade ainda desajeitada, uma simples penugem num voo torto, ziguezagueante, mas que, em vinte compassos, voara como a águia-real em que um dia se transformaria.

Rose sorriu ao passar por mim – era bem-educada. Aquele ódio foi o primeiro segredo que compartilhamos, uma base sólida sobre a qual construiríamos o resto, muros de desprezo, torres de indiferença, muralhas, fortificações, contraescarpas de desdém, de mesquinharia, de raiva contida, uma fortaleza de desconfiança e ressentimento que em seis meses desabaria ao primeiro sopro de vento, prova de que não era tão sólida, no fim das contas.

– Sente-se e escreva.

A pedido do abade, subi a seu gabinete depois do jantar. Ele apontou para a Hermès 3000 sem erguer os olhos, mergulhado em sua Bíblia. Eu me tornara um virtuose. Folha, rolo, alavanca. Inserir, girar, bater. A Hermès estava pronta.

– "Aos cuidados do senhor diretor departamental", nova linha, "em resposta a seu pedido de avaliação de Joseph Marty com vistas a sua colocação em família anfitriã, lamento informar-lhe que a instabilidade psicológica do jovem..." Não está escrevendo?

Eu tinha parado em "família anfitriã".

– ESCREVA! – gritou o abade.

Ele estava pálido, levantou a mão imediatamente, em pedido de desculpa.

– Retomando... Estávamos em... Ah, sim: "a instabilidade psicológica do jovem, ao lado de uma propensão à mentira, me obriga, para meu grande pesar, a responder-lhe com um

parecer desfavorável", nova linha, coloque as fórmulas de saudação habituais, laicas, para a Administração.
As letras dançavam sob meus olhos. Minha barriga doía terrivelmente.
– Algo errado, Joseph?
– O senhor me impede de sair...
– Permito que fique. Para o seu bem. E o da família em questão.
Ele pegou um documento e colocou um par de óculos no nariz.
– Os... Desmaret.
– Nossos vizinhos?
Os Desmaret moravam na frente de nossa casa. Minúsculos, os dois. Aposentados. Quando perguntávamos "Aposentados de quê?", eles invariavelmente respondiam: "Aposentados de pequena estatura", o que os fazia cair na gargalhada e nos dava nos nervos, ainda que, no fundo, gostássemos deles. Eles nunca tinham tido filhos, somente um gato laranja que Henri quase matara com a espingarda de seu pai. E eles se ofereceram para me adotar. Me acolher, eu, que não valia nada.
– É só temporário, Joseph. Em seis meses eles podem refazer o pedido, que será reavaliado por mim.
– Que nojo.
Sénac se inclinou, respirava normalmente. Ainda hoje, não posso jurar que o ouvi gritar. Ele talvez tivesse murmurado "escreva", com sua habitual doçura. Mas tudo me soava gritado.
– O que é um "nojo", Joseph?
– O senhor está me punindo.
– Não gosto dessa palavra. "Punição" significa "vingança". Prefiro "correção", palavra portadora de esperança, mudança,

como se retificasse uma trajetória. Você fugiu. Não pensou que eu deixaria isso passar sem dizer nada, pensou? E depois de ter fugido, depois de me garantir, olho no olho, que eu podia lhe dar uma nova chance, você tocou no piano.

— Somente para ajudar aquela menina.

— Para ajudar ou para mostrar como você toca bem? Para ajudar ou pelo prazer de infringir uma proibição? Recomendei-lhe desde o primeiro dia que desconfiasse de seu orgulho. Conheci muitos jovens como você, de boa família, que chegavam tarde na instituição e se julgavam capazes de tudo porque sairiam rapidamente, porque tinham um pistolão.

— Juro que nunca mais tocarei em seu piano. Eu não sabia que ele era tão importante para o senhor.

— Esse piano não é *meu*, já estava aqui quando sucedi ao padre Puig. É um piano, e só. Não sei nem tocar. Mas para você esse instrumento é a tentação, sua vida anterior. E aquela vida acabou. Aqui, em Confins, preparamos o futuro.

— O senhor não é meu pai!

Eu gritara. Sénac balançou a cabeça, acho que estava esperando esse momento há muito tempo.

— Sim, Joseph, sou seu pai, seu padre. Você me chama assim todos os dias e não acredita nisso. Sou seu pai, primeiro, em virtude de um poder conferido pelo Estado. Sou seu pai, principalmente, pela graça de uma missão confiada ao primeiro apóstolo, há muito tempo, pelo Nosso Senhor Jesus Cristo. Como ele, entendo seu sofrimento. Como ele, destruirei o templo e o reerguerei. Meu papel não é agradar você. Meu papel é reerguer você.

Ele contornou a escrivaninha.

— Ajoelhe-se, pois você pecou.

— Pensei que quisesse me reerguer.

Sua mão agarrou minha nuca. Ele não era muito alto, não era mais tão jovem, mas tinha uma força incrível.

– Juntos, pediremos ao Senhor que ilumine nosso caminho confessando nossos pecados. *Confíteor Deo omnipotente...*

Meus joelhos bateram no chão. Procurei dentro de mim a proteção da raiva que tantas vezes me socorrera. Em vão. Eu estava cheio de buracos vazios.

– *Mea culpa* – murmurou Sénac –, *mea culpa, mea maxima culpa...*

Ele empurrava minha cabeça com todas as suas forças, abaixava meus olhos pecadores para o chão, em direção a meus dedos unidos. Foi assim, enxergando minhas mãos, que o vi. O sinal que ainda hoje me permite reconhecer um órfão na multidão, na escuridão. Com um simples olhar, reconhecer um irmão no meio da multidão. Um pequeno detalhe.

– *... et dimissis peccatis nostris, perducat nos ad vitam aeternam.* Amém. Você não irá dormir antes de terminar minha correspondência.

Era um pequeno detalhe. Uma coisinha de nada.

Todos os órfãos têm as mãos trêmulas.

À meia-noite, eu ainda estava digitando, os dedos entorpecidos de *queira aceitar* e *irmão em Cristo*.

Não acredito em milagres, mas às vezes é preciso se render às evidências. Por volta da 1 hora da manhã, fiz uma pausa. Enquanto me espreguiçava, meus olhos caíram no volume de enciclopédia ali esquecido, também órfão, ao lado de um compêndio de ornitologia.

O milagre não foi eu ter aberto o volume. Sobix me perguntara quem era a Teresa a quem Beethoven dedicara sua 24ª sonata, e pensei em procurar. Dei uma espiada no corredor – ninguém. O livro era pesado, ainda posso sentir seu peso, é maluco como a vida pesa de T a Z. Havia muitas Teresas. Teresa de Lisieux, Teresa de Ávila, o nome predispunha à santidade. Nenhuma conhecera Beethoven, tendo vivido cedo demais, tarde demais. E, francamente, nenhuma parecia ter cara de gostar de música – a enciclopédia era ilustrada.

Um som de passos se fez ouvir. Em pânico, tentei guardar a enciclopédia. Minhas mãos não me obedeciam mais, endurecidas por horas de datilografia. O tijolo bateu na prateleira e, em vez de entrar em seu lugar, voltou. O livro caiu com a capa de couro aberta, as páginas viradas para baixo. Esperei, paralisado de terror. Ninguém entrou, os passos se apagaram. Girino talvez patrulhasse os corredores. Ou uma irmã, tomada de dúvida, estava a caminho da igreja, onde seria morta pelo frio. Esperei um bom tempo antes de ousar me mexer. Por fim, juntei o volume.

Ele se abrira ao acaso.

Para quem acredita em acaso. O que não posso dizer de mim desde aquela noite.

H́ DIAS EM QUE estou cansado. Em que os dedos pesam, em que não quero mais tocar. Em que penso: "Para quê, ela não virá". E me sinto um fraco. Porque outros antes de mim também sentiram esse cansaço, em noites de *jazz* em que a raiva dos metais retardava a aurora, em Paris, Chicago, Johannesburg, em espeluncas, em *townships*, em subsolos, em igrejas íngremes onde até os mortos sentem frio, dedos-piano, dedos-trompete, dedos-violino-órgão-contrabaixo-saxofone, dedos brancos, pretos, milhares de dedos que criavam música para desfazer o silêncio.

Nesses dias, penso na Vigia e minhas mãos recuperam a beleza, cheias do ardor da juventude. Sou membro de uma sociedade secreta, tão secreta que contou com sete membros em seu apogeu. Não estou falando de conspirações infantis, de sociedades solitárias que inventamos de brincadeira. A Vigia salvou homens que ainda não o eram, não totalmente.

– A última vez não foi suficiente?

Sinatra mostrou seus punhos quando, no dia 10 de agosto de 1969, levantei o alçapão que levava ao telhado. Edison,

Sobix, Fuinha e ele formavam um círculo em torno do rádio improvisado. Fuinha o desligou imediatamente, mas tive tempo de ouvir uma voz. Uma voz que eu aprenderia a conhecer, um sortilégio que vinha das montanhas para encantar os vales. Eu aprenderia que um anjo podia ter sotaque espanhol.

Os quatro arregalaram ainda mais os olhos quando Momo apareceu atrás de mim.

– Queremos ser membros da Vigia.

– Recusados – disse Fuinha, fazendo um sinal a Sinatra.

– Pode carimbar, para que entendam bem.

Sinatra se aproximou, mas se deteve ao ver que eu não me mexia. Ele tinha lutado o suficiente para saber que aquela calma era a calma de um homem armado. Ele estava certo. Coloquei a mão no bolso, ele se contraiu, esperando o golpe da faca. Tirei uma folha de papel.

– É uma página da enciclopédia do abade. Se ele descobrir que arranquei, estou morto.

Fuinha deu de ombros.

– Estamos lotados. Uma página de dicionário não muda nada.

– Não é *uma* página de dicionário. É a mais importante. A única coisa que você precisa conhecer da enciclopédia inteira.

Desdobrei-a com cuidado. Eu aparentava descontração, mas meus dedos tremiam. Não se manipula uma bomba daquelas sem transpirar um pouco. Quatro rostos se imobilizaram. Quase o mesmo efeito que observo quando toco Beethoven.

A página começava com VULPINO: *gramínea anual da família Poaceae*. Desnecessário dizer que aqueles garotos não estavam nem aí para as gramíneas. Eles olhavam para a palavra seguinte. VULVA. E, abaixo dela, uma imensa ilustração em preto e branco, um quarto de página só para ela, um quarto de página dedicado à cartografia daquela terra desconhecida com seus relevos assombrosos, detalhados em itálicos exóticos: *Monte de Vênus, Clitóris, Pequenos e Grandes Lábios.* O desenho era de uma precisão admirável, adivinhávamos o início das coxas afastadas, imaginávamos o artista deitado ali, com um bloco na mão, a poucos centímetros de sua modelo, tão perto que nos perguntávamos como ele não se queimara, cegara, enlouquecera com aquela intimidade, como ele encontrava forças para desenhar cada pelo, reproduzir o belo drapeado do lábio direito, levemente mais aberto que o esquerdo.

Edison, de boca aberta, olhava fascinado para aquele mecanismo futurista de parafusos invisíveis. Sinatra esboçava uma careta sarcástica, desdenhosa, *se vocês acham que é a primeira que vejo*, desacreditando um pouco o volume em seu short. Os olhos de Fuinha passavam do desenho a mim. Sobix perguntou:

– É um urso?

– É uma garota, idiota.

Sobix tirou a página de minhas mãos, Edison quis pegá-la, Sinatra se colocou entre eles. Levantei a mão, calmamente.

– Um de cada vez.

Eles me encararam com estupor, com a admiração devida ao homem que mantém o sangue-frio enquanto a terra treme. Eu tinha trabalhado aquele sangue-frio. Na véspera, tinha olhado para o desenho até me fartar, para me acostumar, sem saber que nunca nos acostumamos.

– Se Momo e eu nos tornarmos membros da Vigia, a página é de vocês. *Nossa.* Senão...

– Senão?

– É perigoso demais mantê-la sozinho. O abade poderia descobrir. Vou queimá-la.

Os quatro empalideceram.

– Você não ousaria – disse Sinatra.

– Ah, não? Então, para começar, vou rasgá-la.

Levantei a folha com dois dedos e...

– Pare! – gritou Fuinha. – Tudo bem, tudo bem. Você, mas não o debiloide.

– Ele se chama Momo. Se chamá-lo de debiloide mais uma vez, quebro sua cara.

Eu falava sério, ele percebeu. Momo sorria, Momo sempre sorria.

– Está bem, não se irrite. Voto a favor. Pessoal?

– Eu também – disse Edison.

Sobix assentiu com solenidade. Sinatra ainda me encarava com desconfiança.

– Como sabemos que não está tentando nos enganar? Que não é um golpe de Sénac para nos espionar?

– Se Sénac soubesse que estamos aqui, ele não se contentaria em nos espionar.

– Como quiserem – disse Sinatra. – Não digam que não avisei, se ele se revelar um traidor.

– Quatro votos a favor, então.

Fuinha apertou minha mão e, depois de uma hesitação, a mão de Momo.

– Bem-vindos à Vigia.

Já me perguntaram várias vezes se eu teria *realmente* rasgado aquela página. Claro que não, mas não pelos motivos que você pensa, ainda que o sangue fervesse um pouco mais naquela idade. Eu pensava na mulher que servira de modelo. Não devia ser fácil se mostrar daquela maneira, se oferecer para nós. Era preciso coragem. Aquela mulher vivia em algum lugar. Naquele instante em que a admirávamos, cuidava de seus afazeres, usava roupão, preparava um café. Talvez estivesse velha, se o desenho fosse antigo, talvez também consultasse a enciclopédia e a vulva de sua juventude, com um suspiro melancólico. Então não, eu não a teria rasgado. Eu não desrespeitaria uma heroína.

— Uma última coisa — acrescentou Fuinha. — Aqui, é cada um por si. Se algo acontecer com você, não o conhecemos. Se algo acontecer *com a gente*, você não nos conhece. Repita.

— Cada um por si.

— Perfeito. Agora, calem a boca. Os dois. Por causa de vocês, perdemos metade da Marie-Ange.

Marie-Ange Roig. Conheci-a naquela noite, quando eles voltaram a ligar o rádio. A mulher ideal que cada um construía para si era uma colagem, uma combinação malfeita de fragmentos de beleza avistados aqui e ali. Camille se inclinando para pegar o filho com uma regata larga demais. Na capa de uma revista durante um passeio à aldeia, ou pela janela do ônibus que nos levava a Lourdes, quando um conversível nos ultrapassava em pleno verão. Podíamos debater ao infinito, afirmar que a mulher perfeita precisava ter a silhueta de Gina Lollobrigida ou Sophia Loren, o sorriso de Claudia Cardinale ou Grace Kelly, os olhos de Bardot ou Marie Laforêt. Mas em relação à voz, todos concordavam. Era a de Marie-Ange Roig, ainda que a ausência total de concorrência lhe oferecia uma vantagem um pouco desleal.

Marie-Ange apresentava *Carrefour de nuit*, um programa que a Vigia ouvia religiosamente todas as noites de domingo pela Sud Radio, a única emissora que o rádio construído por Edison captava. Sua voz subia de Andorra até o Pic du Midi. Dali, rebatia uma onda média de 367 metros (os *jingles* não paravam de repetir isso, devia ser importante) e, no dorso das ondas, se lançava ao assalto dos picos, enfrentando o frio, a solidão e as tempestades para chegar até nós – nunca imaginamos que se dirigisse a outros. Durante um temporal, às vezes a voz se perdia, desnorteada, seu meio de transporte mortalmente atingido pelo trovão. Temíamos que nunca mais voltasse. Mas a voz era eterna. Gosto de pensar, cinquenta anos depois, que seus ecos ainda viajam, na velocidade do som, rumo às fugidias fronteiras do cosmos. Que uma inteligência distante e infinita um dia a captará. E a ouvirá, sonhadora. E dirá que éramos tolos, mas belos.

Marie-Ange encerrou o programa uma hora depois, entregando-nos a uma noite um pouco mais escura, um pouco mais fria. Os vazios entre as sombras eram os maiores perigos.

– Vamos jogar alguma coisa? – sugeri.
– Pôquer? Não temos dinheiro.
– Não precisamos de dinheiro.
– Como você quer jogar pôquer sem dinheiro?
– Eu nunca disse pôquer!
– Você disse que queria jogar, não disse?
– Talvez quisesse dizer *blackjack* – arriscou Sinatra. – Mas precisamos de dinheiro também.
– Parem de falar nessa porcaria de dinheiro. Estou falando de jogar por jogar. Por prazer.
– Por *prazer*?

Eles não entendiam. Um abismo ainda nos separava, ainda que eu tivesse acabado de me tornar um órfão profissional.

– Não conhecemos nenhum jogo por prazer.

– Então vamos inventar.

Eles trocaram um olhar. Aqueles quatro passavam a vida trocando olhares para não cair, como olhamos para trás para ter certeza de que nosso pai não soltou a bicicleta sem avisar, depois de tirar as rodinhas e jurar que a seguraria.

– Poderíamos fazer... um concurso de tristeza – sugeriu Edison, que vibrava com a palavra "inventar".

– O que é um concurso de tristeza?

– Contar a história mais triste. O vencedor ganha o direito de ser substituído em alguma tarefa por cada um dos outros.

– Menos a limpeza das latrinas – interveio Sinatra. – Não vou fazer isso duas vezes.

– E Momo está dispensado – acrescentei.

– Eu começo – anunciou Edison.

O sol se levantou sobre o Rio Senegal. Nas espeluncas da foz do rio, onde trabalhava como garçonete, a mãe de Edison se apaixonara por um belo senhor de paletó, um diplomata francês que a convidara para ir à França, à Cordilheira do Jura, onde ele trabalhava para as Nações Unidas. Ninguém dissera àquela garota de 16 anos, dos subúrbios de São Luís, que não havia nenhum escritório das Nações Unidas no Jura. O diplomata dirigia uma transportadora, não era tão ruim assim. Ele a hospedara num pequeno apartamento acima de um bar, onde a visitava regularmente, e onde às vezes enviava os amigos, para manter as contas em dia. Edison havia nascido, de pai mais ou menos desconhecido, mas com certeza branco.

Um dia, o diplomata convidara sua mãe para uma noite chique, e quando a bela de São Luís, um pouco cansada, lhe perguntara o que era uma noite chique, ele explicara: "Um lugar onde essa linda pele chocolate será apreciada", dando-lhe um tapa na bunda. Edison nunca soube se a linda pele chocolate de sua mãe fora apreciada, pois ela e o diplomata morreram no caminho de volta. O diplomata tinha dois gramas de champanhe barato no sangue. Por ironia do destino, entrou com tudo num de seus próprios caminhões, que estragara na mesma noite num acostamento da autoestrada à entrada da cidade.

Os outros aplaudiram, como especialistas que eram, e se viraram para mim. Pensei em falar do avião, lembrei do sujeito de paletó grande demais que os Fournier tinham botado para correr, do quadro perturbador e do Cristo retorcido, abri a boca e nenhum som saiu, mas duas lágrimas imbecis correram de meus olhos. Todos viraram o rosto.

– Fora – declarou Fuinha, que nunca perdia o norte, sobretudo porque o vigiava. – Minha vez.

Ele entrou na competição com o desabamento do prédio que custara a vida a seus pais. Acrescentava detalhes, descrevia o universo que caía em cima dele, na tela de CinemaScope da parte de baixo de uma cama, um verdadeiro filme-catástrofe, um *Titanic* de gesso e concreto despedaçado erguido por construtores gananciosos, a poeira, os gritos, depois o silêncio, como se o prédio finalmente tivesse adormecido, inclusive o sapateiro do térreo que costumava trabalhar a noite toda. O último par de sapatos que ele tinha consertado foi encontrado intacto, e seu dono colocou o que lhe devia sobre seu caixão. Fuinha fabulava, sem dúvida, mas seu público viu isso como um sinal de consideração e não foi avaro em aplausos.

Sinatra narrou a despedida dilacerante de sua mãe e Old Blue Eyes. A merceeira de Figeac escrevera ao *crooner* logo depois de lhe anunciar a gravidez. Frank respondera que viria. Ele não viera porque sua mãe fora internada e porque o agente judeu do grande Sinatra o impediria, de todo modo.

– Por que o agente *judeu*? – perguntei.
– Como vou saber, ele é judeu, só isso. Você tem algum problema com isso? É judeu?
– Não. Enfim, um pouco. Meu avô era judeu. Sou um quarto judeu, de certo modo.
– Não é assim que funciona para os judeus. Ou você é, ou não é. De todo modo, se é um quarto, dá mais ou menos quinze, vinte por certo, não faz mal.
– Com certeza é melhor do que ser cem por cento idiota.

Sinatra apertou os olhos com suspeição, ofereci-lhe meu mais sincero sorriso. Edison se conteve para não rir.

– Sim, com certeza – ele acabou dizendo.

Aplausos frouxos para Sinatra. Todos se voltaram para Sobix. O pequeno deu de ombros.

– Não tenho uma história triste.
– Está brincando? Deve conhecer alguma – disse Fuinha.
– Há... não.
– Mesmo inventada. Você vive nos enchendo com *Mary Poppins*. Essa história não é triste?
– Não sei dizer.
– Como assim, não sabe dizer?
– Há, não vi o filme todo. Minha mãe adotiva e seu novo namorado me levaram ao cinema, mas brigaram no início da sessão, Jean-Pierre dizia que Suzanne era uma vadia, então ela saiu e, quando voltou, Mary Poppins tinha acabado de pular para dentro do desenho animado com seus amigos,

mas Suzanne tinha ido buscar a espingarda, e Jean-Pierre gritou, ela atirou, e houve sangue por toda parte e eles precisaram interromper a sessão, a polícia chegou, e foi assim que Jean-Pierre acabou no cemitério, e Suzanne na prisão, e eu nunca vi *Mary Poppins* até o fim, e adoraria encontrar alguém que viu para me contar o que acontece. Então sinto muito, não tenho uma história triste.

Uma semana depois, juntei a lenha, Sinatra varreu o pátio e Fuinha encerou 42 pares de sapatos para Sobix. Edison ficou com a louça. Sobix disse que, decididamente, não entendia nada de nossos jogos.

A espera era interminável. Foi interminável todos os sábados, menos um. A casa da família de Rose não perdia nada para Confins, uma verdadeira obra de expiação. Paredes escuras ao fundo de um jardim com alamedas que se cruzavam em ângulo reto, um entrelaçamento de persianas e insígnias devorado por uma vegetação que saía das estufas e dos canteiros desde a morte do último jardineiro. No inverno, quando a noite caía cedo, o lugar era animado por sombras dementes. Eu apressava o passo, temendo encontrar, naqueles cruzamentos, o diabo de chapéu e com um pacto na mão. *Farei de você o maior músico de todos os tempos. Farei com que entenda o ritmo. Assine aqui.* Em outros lugares, outros cruzamentos, alguns tinham assinado. Paganini, o maior violinista de todos os tempos, que diziam ter tido a alma vendida ao nascer pela própria mãe. O músico de *blues* Robert Johnson, péssimo guitarrista que se tornou virtuose depois de desaparecer por algumas semanas para os lados de Clarksdale, Mississippi. Rezava a lenda que o diabo afinara sua guitarra no cruzamento das autoestradas 49 e 61. E talvez Rothenberg, pelo que eu sabia, durante sua viagem pela Polônia. Com a diferença de que Rothenberg, como Paganini, fora obrigado a assinar. Não por sua mãe, mas por homens de uniforme impecável.

Girino me levara à mansão para a primeira aula – Sénac insistira, declinando da oferta do conde de enviar seu motorista – no velho DS que a administração francesa generosamente oferecera a Confins. Era um antigo carro oficial, de algum senador ou secretário de Estado. Manchas suspeitas escureciam o banco de trás. Sempre que uma irmã entrava no carro, ríamos ao vê-la se apertar contra a porta, caso as manchas fossem de fluidos diabólicos.

Girino me espiara com o canto do olho durante todo o trajeto, com um sorrisinho nos lábios. Abriu a boca uma única vez, colocando a mão sobre o rádio.

– Então você gosta de música?
– Sim...
– Eu também.

Ele tirou a mão do rádio e começou a cantar:
– *Contra os Viets, contra os inimigos, em toda parte o dever acena, soldado da França...*

Mesmo dirigindo, me deu um tapinha no ombro:
– Vamos, cante! Não vai choramingar para a polícia porque o fiz cantar, vai?
– Não conheço a letra...
– *Ó, legionário, a luta vai começar*, repita, merda!
– A luta vai começar...
– *Coloque em nossas almas entusiasmo e valentia...*
– Entusiasmo e valentia...
– Muito bem, garoto! *Podem chover granadas e estilhaços, nossa vitória será ainda mais brilhante.*

E ele repetia, me encarando, tirando completamente os olhos da estrada em pontos em que as curvas ceifavam vidas:

— *Nossa vitória será ainda mais brilhante!* Você não parece gostar dessa música... Não gosta do exército?
— Não sei.
— Se não houvesse rapazes, bons rapazes, que se sacrificam por pequenos imbecis como você, a França não existiria há muito tempo. Falaríamos norte-africano ou asiático. E sabe por culpa de quem? De Gaulle. Mas não só dele. Coty, Mendès France. Uns fracos. Você gosta de fracos?
— Não sei...
— "Não sei, não sei...." Só sabe gemer, por acaso? Também é um fraco? Espere, me diga uma coisa... Pelo menos, não é pederasta?

Sua mão pousou entre minhas coxas e agarrou o que encontrou. Vi luzes, senti náuseas. *Não gritar.* Girino assobiou.

— Vejam só, bastante material aqui dentro!
Apertou com mais força.
— Seria uma pena não gostar de mulheres, com um equipamento desses.

Sua mão se demorou mais um pouco, até que ele me soltou para girar a direção. O DS venceu a curva por pouco. "Malditos pederastas", resmungou Girino, balançando a cabeça, e isso foi tudo.

Ele esperava no carro, fumando pela janela aberta, enquanto eu esperava num corredor escuro, num banco de carvalho desgastado por anos de traseiros magros, jansenistas. Flores cresciam na parede à minha frente, uma selva exótica insuspeitável do lado de fora. Junco indiano, stapelia, limodorum chinês, gravuras coloridas do século XVIII penduradas do chão ao teto. Alguns nomes se perdiam na escuridão. Todos os sábados, antes de ser recebido por Rose, eu precisaria esperar uma hora, pensando estar ali por nada.

Enganava-me, não seria por nada, mas eu só saberia disso no sábado de 7 de fevereiro de 1970.

Não sou obcecado por datas. Apenas prometi que não esqueceria nada. E um 7 de fevereiro não é um 12 de março ou um 8 de abril. A luz não é a mesma. As flores não são as mesmas, exceto aquelas que um paciente gravurista embalsamara dentro de grandes molduras pretas.

Depois de uma hora, a governanta me levou até um salão. Blusão azul, calças brancas, Rose mantinha-se langorosamente à frente de um piano de estudo Kawai, um instrumento de baile popular que não combinava com os afrescos do teto, anjinhos roliços sobre rodatetos de gesso. Ela não me cumprimentou, não olhou para mim. Apenas deslizou para o lado no banco, o mais longe possível, para me dar espaço para sentar sem risco de contágio. Sua mãe entrou, uma mulherzinha enfermiça que murmurou um simples: "Então você é o órfão". Falou sem desprezo, num tom de enfermeira acostumada ao fedor das gangrenas. Fez um sinal para a governanta se instalar num canto e desapareceu. A velha ficou conosco a hora inteira, precaução bastante inútil, visto que Rose e eu nos detestávamos visceralmente. Mas as coisas também começaram assim para Tristão e Isolda, e a família não queria correr o risco de um dia alguém escrever uma ópera sobre nós.

Rose estava pálida, arrogante. Era esbelta como um junco indiano, e igualmente pouco dotada para a música. Subitamente, fiquei com pena de Rothenberg: eu talvez fosse sua Rose. Apesar dos arranhões que eu lhe infligia, meu velho professor me cultivara por anos, sem outro protesto que o ocasional tapinha atrás da cabeça. Depois de trinta minutos, a governanta pegou no sono e começou a roncar. Rose tirou as mãos do teclado.

— Pronto. É só você tocar e cometer alguns erros de vez em quando, para pensarem que sou eu.

Tocar era tudo o que eu queria. Mas aquela garota me incomodava. O ar pesava entre nós, o ar dos sonhos pesados em que eu corria, no fundo de um avião, na direção de um *cockpit* onde o piloto fazia a escolha errada. Ela pegou um livro e me ignorou, toquei alguns acordes distraídos. O primeiro que falasse perderia para o outro. Eu tinha meu orgulho.

— O que seu pai faz? — perguntei.

— Ele trabalha na indústria.

— Por que vocês não voltam para Paris, se você está no penúltimo ano?

— Você não é pago para fazer perguntas.

— Vocês não me pagam nada.

— Pagamos seu orfanato, dá na mesma.

— Não é *meu* orfanato. Odeio aquele lugar.

— É só ir embora.

— "É só isso, é só aquilo", talvez as coisas funcionem assim para vocês, os nobres, mas não naquele lugar.

— Não sou nobre.

Comecei a rir, toquei um acorde estranho, disforme, e disse:

— Ah, você acabou de tocar. Não tem nada de nobre, com certeza.

Ela se levantou, com toda a calma. O sol entrava pelo oeste em raios longos. Rose cintilava, a calça branca como a neve, os braços um pouco separados do corpo. Ela respirava com delicadeza — eu não sabia que era possível respirar com delicadeza. Pequeno pastor inculto, eu teria caído de joelhos diante daquela virgem altiva. Ouvi a voz do sr. Fournier, lembrei da expressão que tinha sempre que me dava um tapinha nas costas para perguntar, com uma piscadela: "Então, viu a Virgem?". E sem qualquer aviso pensei na enciclopédia, na maldita enciclopédia que mudaria tudo, superpus o desenho à calça branca, imaginei sua vulva, em cores, com o deslumbrante rosa florentino dos anjos de Pontormo. Rose me observava. Eu tinha certeza, e ainda tenho, que ela *sabia*. As mulheres sempre sabem. Caímos e elas balançam a cabeça, caímos do céu, caímos das nuvens, em buracos, em queda livre, no chão, de joelhos. Nós, que juramos nos elevar, sempre caímos.

Ela acordou a governanta.

– A aula terminou. Você pode levá-lo.

É sempre nessa posição que revejo Rose quando penso nela. A cabeça um pouco inclinada, escondendo seus medos no fundo de um sorriso, um sorriso de desdém que consola e acusa ao mesmo tempo. E eu não ficaria surpreso de saber que, ao vê-la na mesma posição, ela ou outra mulher, um napolitano tuberculoso chamado Pergolesi tenha composto, há quase trezentos anos, seu "Stabat Mater Dolorosa"* antes de pousar a pluma e dormir para sempre.

A Estação do Báltico em São Petersburgo tinha, na virada dos anos 2010, um incrível piano público, um velho Bösendorfer. Lá, as coisas eram grandiosas. Esperando meu trem, eu tocava havia meia hora, começava a "Sonata nº 9" quando ouvi risadas às minhas costas. Dois

---

* "Stabat Mater Dolorosa": hino da liturgia católica em homenagem ao sofrimento de Maria durante a crucificação. Vários compositores musicaram seus versos, como o italiano Giovanni Battista Pergolesi (1710-1736). (N.T.)

policiais gargalhavam sob seus *chapkas*. Não era de mim que zombavam, mas de seus cachorros, dois pastores-alemães que tinham se sentado lado a lado para me ouvir, cabeças levemente inclinadas. Você me dirá que os alemães têm a música no sangue. Os cães reagiam como conhecedores, estremeciam aos cromatismos do primeiro movimento. Eles pressentiam, naquela sonata que alguns dizem menor, as grandes do futuro. Ficaram imóveis até o fim, e seus donos pararam de rir para ouvir. Quando acabei, um dos policiais apontou para os pastores, disse algo em russo e, vendo que eu não entendia, repetiu com sotaque carregado: "*The dogs, them very happy*".

Shostakovitch, que adorava seu terrier Tomka, dizia que os cães tinham uma vida tão curta porque sempre faziam as coisas com coração demais.

Pergolesi, 26 anos. Mozart, 35 anos. Schubert, 31, Purcell, 36, Lili Boulanger, 24 anos. E Brian Jones, fundador dos Stones, 27 anos. A maioria dos grandes não vive muito. Apesar dos legistas, acredito que sempre por problemas de coração.

– Vamos, conte tudo! – me pressionaram os outros, na noite seguinte. – Como é a casa da burguesa?

Momo estava sentado num canto do terraço com Asinus. Sorria. Em uma semana, seu estatuto no orfanato mudara. Certa manhã, Fuinha sentara a seu lado no pátio, *conversara* com ele, e as hienas que costumavam atormentar o pequeno *pied-noir* durante o recreio recuaram ofegantes, furiosas. O pequeno *pied-noir*, como era chamado apesar de seu um metro e oitenta e de seu bigode, estava agora sob a proteção de um rei.

Sempre pensei que Momo sorrisse o tempo todo. Naquela noite, aprendi a não confundir um simples estiramento dos lábios, o único movimento que seu rosto sabia fazer, com alegria. A verdadeira alegria podia ser adivinhada em suas mãos, quando elas acariciavam o burrico em vez de pender, mortas. Ela podia ser lida em seu olhar estreito, seus olhos hipnotizados que esqueciam Orã, paravam de perscrutar o horizonte vazio do Cabo das Agulhas e finalmente se voltavam para o presente. Naqueles raros instantes, Momo parecia estar conosco, *de verdade*, como se sua órbita subitamente se aproximasse da nossa. Nossas elipses se tocavam antes de divergir novamente.

– Con-ta! Con-ta! – repetiam os outros.
– Contar o quê?
– A aula de piano, ora. A garota.
– Você a viu nua? – exagerou Sobix.
– Ficou doido?
– Ninguém vê uma garota nua sem mais nem menos – explicou Fuinha, magnânimo. – É muito difícil.

Sobix ouvia com ar grave – Fuinha era o único que ele realmente respeitava.

– Como se faz?
– É preciso trabalhar duro. Como se caçasse um animal raro: você não deve assustá-lo, mas também não deve hesitar.
– *Você* precisa trabalhar duro – interveio Sinatra. – Meu pai só precisa estalar os dedos e a garota tira a roupa.
– É verdade – disse Edison. – Deu certo com sua mãe.
– Não fale assim da minha mãe, pirralho!

Eles se agarraram pelo colarinho, nós os separamos. Fuinha se virou para mim.

– Então, vai contar ou não?

– Não tenho nada a contar. Aquela garota não entende nada de música.
– Você só precisa ensinar. É a ideia, não?
– Não é tão simples.

Fuinha tirou do bolso a barra de chocolate negociada durante a semana, um tesouro de flocos de arroz pelo qual ele precisara apostar alto, reforçar um lote de tarefas e vender por atacado. Ele mordeu um pedaço e o passou a mim.

– Música não é simples?
– Não. É preciso ter ritmo. Todos os grandes o têm. Até os Stones.
– Quem?
– Está brincando? Vocês não conhecem os Stones?
– Conhecemos Sinatra – disse Sinatra.
– Ele também tem ritmo. Como os Stones.

Sinatra pareceu surpreso, acho que nunca esteve tão perto de gostar de mim. Edison estava com um tique nervoso, queria entender.

– Mas o *que* é esse ritmo?
– Sei lá, ele precisa ser ouvido.
– Ele é real?
– Claro que é real. Não há nada mais real.
– Ele é científico? – insistiu Edison. – Ele envia foguetes para as estrelas?

Para essa pergunta, ao menos, e era a única, eu tinha a resposta.

– Claro que sim, ele envia foguetes às estrelas.

Rothenberg insistiu por causa de sua perna. Minha mãe insistiu porque era uma boa ação. Meu pai insistiu porque minha mãe insistiu.

Num dia de fevereiro, alguns meses antes do acidente, acompanhei meu velho professor, que mancava em razão de uma operação no quadril, até o 11º distrito de Paris. Um verdadeiro castigo, o que deixei bem claro a todos – menos a Rothenberg, que eu temia – revirando os olhos e suspirando. Meus pais só se deslocavam de carro, mas Rothenberg quis me fazer usar o transporte *coletivo*.

No metrô, Rothenberg se manteve em silêncio. Eu me senti obrigado a puxar papo.

– O senhor viu que vão enviar homens à lua?

Ele se espantou, me olhou distraidamente, não respondeu.

No número 2 da Rue du Dahomey, uma fachada *art déco* escondia um imenso ateliê. *Escondia*. Foi destruída depois, porque era bonita. Era preciso tocar uma campainha. Um homem de terno completo e sobrancelhas altivas abriu. Baixou os olhos para Rothenberg, que eu ultrapassava por uma cabeça e que dançava num paletó que devia ter sido comprado, de

segunda mão, em 1945. Fiquei terrivelmente envergonhado. O homem estremeceu, com certeza chamaria a polícia.
Ele não chamou a polícia. Inclinou-se quase até o chão.
– Senhor Rothenberg, eu não sabia que viria hoje.
Ele deu um passo para o lado, bateu palmas. Dois outros sujeitos que se pareciam com ele, estranhamente, apenas um pouco mais jovens, nos introduziram ao ateliê com as mesmas mesuras. Sob uma abóbada de metal aracnídea, cerca de vinte pianos se impacientavam em suas librés pretas. O piso de parquê reluzia; duas xícaras de porcelana brilhante surgiram sobre uma bandeja de prata cintilante – Rothenberg recusou com um gesto. O cheiro de cera, laca e verniz me deixava tonto.
– Rudolf não lhe disse que eu viria? – perguntou o velho leopardo, impaciente.
– Disse, senhor Rothenberg, mas o senhor Serkin não nos disse que dia. Não se preocupe, tudo está pronto, o afinador passou aqui ontem. Aguarde um momento para prepararmos tudo... Acho que ficará satisfeito.
O homem se afastou, sem nos dar as costas. Analisei Rothenberg, intrigado com aquele rei sem trono que eu frequentava sem conhecer.
– Por que me olha assim?
– O senhor é tratado como... O senhor é famoso ou o quê?
– O que pensou, que eu fosse apenas um velho judeu de Noisy-le-Grand? Quem disse que não fui um pianista adulado, antes da guerra? Que não lotei salas de concerto mundo afora, fazendo os brutos chorarem? Quem disse que não decidi me calar porque estava farto de tudo?
– Claro, eu...
– Estou brincando. Sou apenas um velho judeu de Noisy-le-Grand. Tenho amigos muito famosos que confiam em mim para escolher seus pianos, só isso.

— Mas...

— Mas o quê?

— Se seus amigos são muito famosos e confiam no senhor, isso faz do senhor o quê?

Ele balançou a cabeça.

— Ótima pergunta.

E isso foi tudo. Ficou esperando, as mãos às costas, diante de uma planície de tacos de parquê povoada de monstros negros. O sujeito de terno reapareceu.

— Por aqui, senhor Rothenberg, e senhor.

Eu quase olhei para trás para ver a quem ele se dirigia quando me chamou de "senhor". Num estrado ao fundo da sala, vigiando sua horda de pianos, um Steinway aguardava, imperial. Um assistente trouxe um banquinho, outro, uma almofada. Rothenberg os dispensou. Ficou de pé na frente do instrumento, que aguardava de boca aberta, prestes a punir o menor erro. Ele acariciou o teclado.

— Doze mil peças individuais. A madeira vem da mesma floresta de que Antonio Stradivari cortava sua madeira. O bastidor precisa resistir a uma tensão de vinte toneladas. Não equivale a todos os seus foguetes, por acaso?

— Depende – respondi. – Para chegar à lua, não.

Rothenberg fez um gesto qualquer.

— Metrônomo.

Trouxeram-lhe um metrônomo. Ele o regulou a 60, olhou para mim e tocou *sol sustenido – dó sustenido – mi*, três vezes seguidas. As primeiras notas da mão direita da nº 14.

— Qual o intervalo entre essas notas, Joe?

— Dois tons e meio, e um tom e meio.

— Muito bem.

Ele tocou as mesmas notas três vezes, com a mesma duração, sem *rubato*, sem pedal, aparentemente sem nenhuma

mudança. Mas elas soaram totalmente diferentes, e eu senti vontade de chorar. O sujeito de terno tinha fechado os olhos.
– Qual o intervalo entre essas notas, Joe?
– Ainda dois tons e meio e um tom e meio.
– Você acha que soa igual?
– Não.
– Então que intervalo?
– Não entendo, senhor Rothenberg. Entre sol sustenido e dó sustenido, há...
– Há *metziut*. A verdadeira realidade dos cabalistas, a luz que une todas as coisas. Há o ritmo. Você não precisa de um foguete para ir à lua. Ela está aqui, na ponta de seus dedos. Ludwig viajava no espaço cento e cinquenta anos atrás, e Bach, e Pergolesi, e Schumann, que partiu cedo em viagem. E eu não deveria dizê-lo, mas talvez aquele canalha antissemita do Wagner também. Todos eles deram longas caminhadas em gravidade zero. Eles conhecem o nome secreto dos astros. Então não me faça rir com seus foguetes.

Ele se virou para o sujeito de terno.
– É um bom piano, vocês o venderão com facilidade. Mas não para Rudolf. Não está afinado.

O outro esboçou um sorriso forçado.
– Não entendo. O afinador veio ontem. Podemos chamar...

Rothenberg suspirou irritado. Sua mão tremia.
– Está afinado consigo mesmo, sem dúvida. Mas é fácil estar afinado consigo mesmo, não? Muito mais difícil estar afinado com isto.

E abriu bem os braços, sob o olhar abismado do sujeito. Depois, me deu um tapa atrás da cabeça.
– Vamos, imbecil?

— Rápido, rápido!

Fuinha me sacudia, os outros já estavam de pé. Ainda estava escuro.

– Hein, o que aconteceu?

O orfanato inteiro rangia, atacado por um vento de uma violência inaudita, que lhe arrancava átomo após átomo com a paciência cruel daquele que sabe que já ganhou.

– Vamos subir – me disse Edison.

– Mas não é domingo...

Domingo ou não, eles se afastavam pelas paredes, que balançavam. Segui-os, caindo de sono.

– E se cruzarmos com Girino?

Não cruzaríamos com Girino. Havia banho de vento naquela noite, outro ritual da Vigia, tão raro que me considero sortudo de ter conseguido presenciá-lo. Uma vez a cada três anos, uma convergência de condições climáticas únicas se produzia entre a França, a Espanha e as águas de grandes oceanos distantes. Ela criava uma onda sinóptica, um terrível rotor que lacerava nosso vale, enquanto nos arredores, a um quilômetro dali, a calmaria reinava.

Gerações de órfãos juravam que, naquelas noites, o velho priorado se erguia alguns centímetros do solo e caía pesadamente sobre suas fundações. Girino e Étienne ficavam enfurnados em seus quartos. Era perigoso sair – melhor esperar o dia seguinte.

A tampa do alçapão se abriu bruscamente quando Fuinha a empurrou, quase arrancada das dobradiças por uma rajada de vento. Senti medo, muito medo. Fuinha rastejou pelo terraço, os outros o seguiram. Sobix se agarrava a eles. Momo estava na enfermaria naquela noite. Empurrara o abade num corredor, por desatenção, e este o obrigara a usar um garfo para comer a sopa. Uma crise de epilepsia fizera Momo mergulhar em seu prato, de cabeça. Todos riram, nós em primeiro lugar, até percebermos que ele estava se afogando numa poça de nabos e batatas.

– Que merda estamos fazendo aqui?

Nenhum som saiu de minha boca. Os outros caíram na gargalhada – nenhum som saiu de suas bocas. Fuinha se aproximou, de quatro, colou os lábios em meu ouvido e gritou com todas as forças. Ouvi apenas um murmúrio.

– É o banho de vento! Você pode dizer tudo o que tiver no peito, ninguém nunca saberá! Faça como eu!

Ele prendeu os pés entre o terraço e a mureta, abriu os braços e ergueu levemente o tronco. O vento o levantou como uma vela, bruscamente. Ele se debateu por um instante até encontrar uma posição, flutuando no ar a 45 graus. Os outros o imitaram. Até Sobix, que, durante o primeiro fenômeno, alguns anos antes, quase saíra voando. Eles o haviam agarrado pelas meias. Ele dizia que não se lembrava, que eles tinham inventado aquilo. O perigo, no entanto, era real. Era um vento que carregaria um homem. Ou que o decapitaria, se uma ardósia se soltasse do telhado.

Sinatra, Fuinha, Edison e Sobix eram segurados pelo vento, os pés presos na mureta, os braços em asa-delta. Eles berravam, e eu não ouvia nada, nenhum som. Talvez insultassem os deuses, talvez rezassem, talvez lançassem contra um céu que nunca ninguém viu igual um jato de ouro puro, devastador, que se transformaria em cometa e chegaria a galáxias distantes. Pouco importava o que dizer ou não dizer. O importante era fazê-lo aos brados, com todas as forças, esvaziar-se de todo o ar e acumular o suficiente pelos próximos três anos.

Demorei para encontrar uma boa posição. Caí várias vezes, como uma vela frouxa, infeliz, de navio a contravento. Quase desisti, mas estava com ciúme da felicidade retumbante, quase obscena, dos outros. Insisti, de novo e de novo, até que finalmente senti uma mão gigantesca me segurar e me levantar sem esforço. Instalei-me numa cavidade daquele monstro uivante e deixei-o correr entre meus dedos abertos. Gritei com todas as minhas forças, a plenos pulmões, incapaz de ouvir minha própria voz. Era uma sensação incrível. Eu gritava "   " e "   ", entregava ao vento todos os meus impedimentos.

Fiquei vazio. Feliz, finalmente. Feliz e inebriado de um orgulho filial. Eu tinha acabado de vencer onde meus pais tinham fracassado.

Eu voava.

MINHA VIDA poderia ter continuado assim, uma vida de fundo de vale. Hoje eu seria encanador, ou eletricista, os dois únicos ofícios que nos ofereciam quando algum artesão local precisava de aprendizes, não encontrava nenhum e decidia, muito a contragosto, buscar "lá em cima", em Confins. A vida teria continuado de sábado em sábado, de aula de piano em aula de piano. Rose teria continuado a vestir Dior, sua beleza descorada a me fazer sentir a que ponto eu era feio e pobre, com sapatos usados por outro antes de mim, shorts em todos os climas, ou quase. Rose e eu tínhamos ao menos chegado a uma espécie de acordo, um pacto forjado no silêncio dos corredores, selado sob o olhar craquelado dos querubins do teto. Nós nos detestávamos. Esse era nosso ponto em comum, nossa paixão. Por outro lado, ansiávamos por esse ódio – ela por minha situação, eu por seus dedos entorpecidos – e o oferecíamos um ao outro com a voracidade de dois amantes, com um simples olhar, sem que fosse preciso falar, assim que eu entrasse no salão. Eu só abria a boca para corrigir um dedilhado, um *legato*, ela para dizer um "obrigada" que significava o contrário. A governanta sempre pegava no sono depois de trinta minutos. Então Rose desaparecia dentro de um livro e me ignorava, eu tocava sem convicção, fingindo ser duas pessoas naquele piano que soava mal, tão mal afinado que não conseguia concordar consigo mesmo.

A vida teria continuado assim e eu não teria nada para contar, carregando meu silêncio, se, numa noite de setembro em que o gelo queimava as vidraças, numa noite em que o frio brotava da pedra, Sénac não tivesse me chamado a seu gabinete depois do jantar. Girino estava parado a um canto, em posição de sentido, a perna dura um pouco para o lado, separada da outra como uma dançarina clássica, numa posição de monstruosa beleza. Sobix servia o chá da noite ao abade. Sénac estava parado em sua posição favorita, mãos juntas sob o queixo. Um dedo se destacou para me indicar uma cadeira.

– Você gosta daqui, Joseph, não é mesmo?
– Sim, senhor abade.
– Que bom. Fico contente.

Sobix servia o chá sem perder nenhuma gota, com a compostura do coroinha que se tornava todos os domingos.

– Eu me perguntava uma coisa. Você sabe quem foi Jerônimo de Estridão?
– Não, senhor abade.
– Você sem dúvida o conhece como São Jerônimo. Sabe por que São Jerônimo é conhecido?

Todos nós sabíamos. O único afresco da igreja representava uma cena na parede da capela principal. Nós a contemplávamos todos os domingos, embasbacados de tédio, nós a contemplávamos nos dias de festa, nós a contemplávamos nos dias comuns, sempre que o abade sentia vontade de uma missa.

– Por ter retirado um espinho da pata de um leão.

Sénac começou a rir. Eu nunca o vira com tanto bom humor.

— Sim, sim. É o que diz a lenda. Mas Jerônimo de Estridão foi o autor da primeira tradução para o latim do Antigo Testamento, a partir do texto original hebreu. Até então, as traduções eram feitas a partir de traduções gregas, nunca a partir do texto original. Eram traduções de traduções, por assim dizer. A Bíblia de Jerônimo de Estridão foi o primeiro livro impresso por Gutenberg, cerca de mil anos depois. Interessante, não é mesmo?

— Muito interessante, senhor abade.

— Você deve estar se perguntando por que mandei chamá-lo esta noite para falar de velhas histórias, em vez de deixá-lo ir para a cama. Você está se perguntando isso, Joseph?

— Sim, senhor abade.

— Veja bem, o monsenhor me honrou com a encomenda de uma pequena conferência sobre o tema, ah, pouca coisa, uma hora no máximo, por ocasião de... Enfim, pouco importa a ocasião. Perguntei-me a data da redação dessa tradução de São Jerônimo, comumente chamada de Vulgata. Eu não gostaria de me enganar. E como você é meu secretário particular, cargo que lhe atribuí em total confiança, a confiança de um padre, mandei chamá-lo para me ajudar. Por sorte, tenho aqui o único volume de uma enciclopédia abandonada pelo padre Puig quando de sua aposentadoria, o volume T-Z. Eu gostaria que você procurasse a palavra *Vulgata*.

Ele sabia. Sobix polvilhava açúcar no chá com o mesmo ar grave, como se aquele gesto anódino algum dia fosse ter uma importância imensa, *faça isso em minha memória*. Peguei a enciclopédia e folheei-a, de cenho franzido, fingindo não saber que o verbete *Vulgata* estava impresso no verso de *Vulva*.

— Não entendo. Não estou encontrando...

– Não, não está. A página foi arrancada. E você sabe quem arrancou a página, por algum motivo que ignoro?
– Não, senhor abade.

Uma veia pulsava na testa de Sénac, um verme de cólera que rastejava sob sua pele e descia lentamente até sua bochecha, talvez para devorar o falso sorriso que ainda a contraía. A sala começou a girar diante de meus olhos.

– Deixe-me ajudá-lo, Joseph. A única pessoa que tem acesso a este gabinete...

– Fui eu, senhor abade – anunciou Sobix, passando-lhe a xícara.

– Perdão?

Olhei para Sobix, assombrado. Preparei-me para sair da trincheira em que me refugiara, tremendo de medo, agora que ele partira para o ataque e oferecia o próprio peito ao inimigo. Seu olhar cruzou com o meu, o estranho ar de velho sargento que ele às vezes afetava, o ar de herói de filme americano que parecia dizer: *"Don't worry, kid, it's all under control"*.

– Como assim, foi você? – Sénac disse, depois de alguns segundos de estupor.

– Quando vim trazer o chá, na outra noite, o senhor ainda não tinha chegado, eu quis olhar os desenhos...

– Mas você sabe que ninguém pode tocar em minhas coisas.

– Sim, senhor abade.

– Além de ter tocado em minhas coisas, você *rasgou* uma página. Rasgou uma página de minha enciclopédia.

– Sim, senhor abade. Para ver a xereca.

– A xereca?

– Sim. A xoxota. A pomba. A periquita da mulher, como é mesmo o nome? Ah, sim, a Vulgata.

Senti vontade de rir, chorar de rir – a expressão combinava com Confins, onde um sempre era seguido do outro.

Admitir minha culpa, naquele momento, não adiantaria nada. Nós dois seríamos punidos.
— O que você fez é gravíssimo — murmurou o abade. — O que fez com essa página?
— Joguei no lixo, senhor abade.
— Senhor Marthod, vá procurá-la no dormitório.
Girino avançou, pegou Sobix pelo colarinho. Sobix desabou como uma pilha de roupas vazias.
— Já que gosta tanto de rasgar as coisas...
O abade abriu uma gaveta de metal e tirou uma folha de papel azul.
— Seu pedido de férias no Vercors, aprovado por mim. Enquanto eu for diretor deste estabelecimento, inútil se candidatar de novo.
Ele rasgou a folha. Em dois, quatro, e atirou os pedaços para cima. Sobix, pendendo do punho de Girino, olhou com tristeza para aqueles pedaços, suas boias de salvação se desfazendo numa chuva triste. A um sinal do abade, os dois desapareceram no corredor.
— Devo-lhe um pedido de desculpas, Joseph. Pensei que você fosse o autor desse ato.
Eu seguira Girino até a porta.
— O que ele vai fazer com Sobix?
— O senhor Marthod não vai *fazer* nada. Ele vai castigá-lo, como um pai. Sou contra castigos corporais. Mas às vezes é preciso ir contra suas próprias inclinações por um bem maior. A raiva pode ser virtuosa, como nos ensinou o Cristo ao se irritar contra os mercadores do Templo.
— Mas, senhor abade, ele tem 9 anos. Ele é pequeno...
— Não se iluda, Joseph, não se iluda. Uma criança capaz de fazer algo assim aos 9 anos, capaz de rasgar a página de um livro, uma página de saber, para se embrutecer de

concupiscência diante da representação do órgão feminino, uma criança assim não é pequena. Ela tem algo enorme dentro de si. Um mal que precisamos impedir de crescer.

    O abade tinha razão. Era tudo uma questão de impedir o crescimento. E eu me calei, porque uma poda daquelas é tão violenta que nos abre o peito, nos arranca o coração e nos rouba o sopro, para todo o sempre.

    Na hora de dormir, Sobix ainda não voltara.
    No meio da noite, houve um zunzum nos corredores. Eu estava mergulhado em meu sonho aeronáutico e, quando cheguei, a Vigia já estava lá. Sinatra fazia a ronda; em breve, éramos mais do que quatro em torno de Sobix, que estava sentado e apoiado à parede, as pernas magras para fora das bermudas de tecido grosso. Sangue escorria de sua orelha direita. Edison o sacudiu suavemente, ele abriu os olhos e murmurou:
    — Caí da escada.
    — Você não caiu da escada. Foi aquele merda do Girino. Onde sente dor?
    — Caí da escada.
    Ele se inclinou e começou a vomitar, depois se deitou no chão.
    — Merda, ele não está bem. Vou buscar o abade.
    Fuinha saiu correndo. Sobix abriu os olhos.
    — É domingo? É dia de Vigia?
    — Não, não é domingo. Mas estamos aqui. Vai passar. Onde aquele canalha bateu?
    — Estou com dor de barriga.
    Seus lábios estavam azuis, sua testa queimava. Tirei suavemente seus cabelos dos olhos.
    — Por que disse que foi você? Que rasgou a página?

– Repita. Não ouço direito...
– Por que você disse que foi você que rasgou a enciclopédia?
– Girino encontrou o desenho?
– Claro que não. Está bem escondido. Por que você se acusou?
– Porque... no dia em que Rose veio... ela disse que viu *Mary Poppins*, lembra? Na hora, não tive certeza se queria saber.
Ele fechou os olhos, Sinatra lhe deu um tabefe.
– Não durma.
– Devagar, cacete! – reclamou Edison. – Com você, não precisamos mais de Girino!
– Vi todos os filmes de guerra. Quando eles fecham os olhos assim, é porque vão bater as botas.
– Ele vai bater as botas se você bater nele!
Sobix abrira os olhos. Sua mão procurou a minha.
– Mudei de ideia, Joe. Quero realmente saber. Então preferi tomar o seu lugar, para que você não seja impedido de ver Rose e possa perguntar... É uma pena pelo Vercors...
O abade chegava correndo, luzes surgiam das trevas no fim do corredor.
– Você vai perguntar a ela, não vai? Você vai pedir para Rose contar o fim de *Mary Poppins*? Jure.
– Juro.
– Vocês acham que vou bater as botas, pessoal?
– Claro que não, você não vai bater as botas.
Às quatro e meia, Sobix deu baixa no hospital de Lourdes, para onde o abade o levara de carro. O cirurgião diagnosticou uma peritonite e o operou. Daquela vez, Sobix não bateu as botas. Com a graça de seus 9 anos, abriu os olhos no dia seguinte e disse à enfermeira que ela parecia um anjo e que ele estava feliz de estar morto. A peritonite

foi atribuída, depois de suas declarações, à queda de uma escada, que teria provocado o rompimento do apêndice, quando ele voltava de uma conversa com o fiscal Marthod, que, de maneira firme, porém gentil, o repreendera. Ninguém soube explicar a perfuração do tímpano. O médico afirmou que resultava de um "fenômeno de depressão extrema" que podia acontecer durante um choque violento ou, como mais tarde fiquei sabendo, de uma "pata de tigre", uma bofetada aplicada no ouvido por alguns especialistas, com frequência militares, para convencer os mais resistentes a falar. Sobix perdeu oitenta por cento da audição do ouvido direito.

Naquela tarde, depois do pátio, vi Girino no gabinete do abade, a cabeça baixa. Sénac agitava os braços, parecia gritar. Étienne passou por mim, ergueu os olhos para a janela.

– O que está olhando, meu velho?

– O abade e Girino estão brigando.

O administrador começou a rir.

– Um corvo nunca fura o olho de outro corvo, dizia minha avó.

No jantar, Sénac elogiou nossa presença de espírito diante do episódio da queda acidental de nosso colega numa escada de Confins. Tivemos direito a um segundo copo de suco e a uma dupla porção de sobremesa. O abade recebeu com olhar satisfeito nossas manifestações de alegria. Girino estava sentado no lugar de sempre.

Cinco dias depois, Sobix reapareceu, manco e um pouco surdo, com a estrita proibição de sair da cama até nova ordem. Foi tratado como herói por uma hora, depois a rotina retomou seu curso.

No domingo à noite, a Vigia se reuniu e tudo começou ali.

Sobix insistira para ir ao telhado conosco. Ele levou dez minutos para subir as escadas, de tanta dor que sentia, mas já tinha perdido o passeio à pastagem montanhosa e se odiava por isso. Outubro se aproximava, o sol deixaria o vale por longos meses. Ou melhor, só faria breves aparições, por cortesia, pois tinha muita coisa a iluminar e poucas horas para fazê-lo. Sobix não estava nem aí para o sol. Mas sua ausência significava que Camille deixaria de usar as regatas largas de que ela tanto gostava e que, através do colarinho esgarçado pelos dedos do filho, revelavam formas estonteantes. Desde o caso da enciclopédia, nosso caçula ardia numa febre surda. Ele ainda não decidira se a vulva era amiga ou inimiga, mas conferia o respeito devido aos dois.

Levantei-me para falar.

— Isso não pode continuar. Eles não têm o direito de nos tratar assim.

— Sim, eles têm — corrigiu-me Sobix, com uma seriedade de jurista. — Eles não têm o direito de nos apalpar, disso eu me lembro, um professor nos disse, uma vez. Se eles nos apalparem, precisamos dizer não e preencher um formulário. Mas aos tapas eles têm direito, desde que sejam para o nosso bem.

– Estamos acostumados – acrescentou Fuinha. – E em geral nem é tão terrível. É a primeira vez que ele machuca alguém a esse ponto.

– Ele queria me fazer confessar que Joe tinha rasgado a página – explicou o pequeno. – Respondi que ele podia bater o quanto quisesse, eu não diria nada a um otário como ele. Isso o deixou irritado.

– O que me irrita – disse Sinatra – é que antes de *ele* chegar – e apontou um dedo para mim –, estávamos tranquilos.

Edison balançou a cabeça.

– Girino sempre gostou de bater.

– Mas agora piorou! Como na época de Danny!

Fuinha tirou a boina, e os quatro murmuraram:

– Descanse em paz.

Eles me davam nos nervos.

– Vocês não valem nada com essa Vigia! Bancam os valentões, mas assim que se trata de fazer alguma coisa, ninguém quer.

Fuinha colocou as duas mãos sobre meus ombros.

– E o que você quer fazer, hein? Diga, Joe, já que está aqui há três meses.

– Me tirar daqui, é isso que quero fazer. *Nos* tirar daqui.

– Porque você acha que em algum outro lugar será melhor?

– Não sei. Com certeza não será pior.

Ele balançou a cabeça, parecia triste.

– Você me lembra Danny.

– Estou de saco cheio desse Danny. Quem era ele, em primeiro lugar?

– Um sonhador. Como você.

– Mas mais alto – destacou Sobix. – E mais bonito.
– Tudo bem, entendi, ele era alto, ele era bonito. E?
– Ele também tinha um monte de ideias. A Vigia, por exemplo, foi ideia dele. Mas ideias são perigosas. Sei disso, assim como sei que outros lugares não são melhores que aqui, porque nem sempre vivi em Confins. Passei seis meses na Bretanha antes de vir para cá. Lá, um garoto me disse: "Seja uma sombra", e ele estava certo. A melhor maneira de sobreviver aqui, em qualquer lugar, é desaparecer. Não se fazer notar. Um dia você vai sair, sem dúvida. Até lá, não exista, e ninguém o verá. Você faz exatamente o contrário. Como Danny.
– Cansei desse mistério. O que aconteceu com ele?

Eles ainda se lembravam do silêncio. Do silêncio de quando acontecera. Danny, o líder da Vigia. Danny, o protetor dos fracos. Ninguém ousava incomodar um pequeno na frente dele. Diziam que era capaz de matar, que tinha isso nos olhos, que até Girino era cauteloso. Quando Fuinha lhe dizia para ser uma sombra, Danny ria, ria às gargalhadas e afirmava que nunca seria uma sombra. Que eles não eram sombras, nenhum deles, mas estrelas-do-mar, do mar que nunca tinham visto. Se algo os cortasse, mutilasse, eles voltariam a crescer.
Acontecera num domingo, na primavera daquele mesmo ano, no dia do passeio à pastagem montanhosa. Na véspera, Danny caíra numa emboscada de três grandes no banheiro – três contra um, só assim para pegá-lo. Ele mancava e pedira para ficar na enfermaria. Os dias bonitos se anunciavam depois de um longo inverno, e eles saíram sem se preocupar com Danny. Sénac, as irmãs, Étienne, todos, sem exceção.

Mas uma caçada ao javali os obrigara a retroceder e voltar ao orfanato.

Eles ouviram um barulho e logo pensaram num assalto. Passos fugidios, uma porta batendo. Girino pegara uma pá e avançara com uma graça jamais vista. Todos o seguiram, um abade, quarenta garotos, as irmãs e um administrador, ávidos de alguma coisa fora da rotina. Girino, com um dedo sobre os lábios, apontara para a porta de uma despensa.

Ele a abrira com um chute, a pá levantada. E o silêncio se abatera sobre todos. Na despensa havia uma mulher. Alta, de vestido florido um pouco fora de moda, cabelos semilongos escondidos por um lenço de seda. E o pior é que todos se lembravam, quando falavam a respeito, de ter pensado: *como é bonita*.

Ela olhara para eles, petrificada, devorada por seus olhares insistentes, e eles acabaram por reconhecer Danny. Sénac fizera todos recuarem. Danny saíra, trêmulo, a cabeça alta. O silêncio, o silêncio. Eles ainda se lembravam do silêncio. Danny se virara para o dormitório. Primeiro, ninguém se mexera. Depois, surgiram as primeiras risadas. Os gracejos. Seus inimigos se precipitaram em sua direção para arrancar o vestido. Ele seguira seu caminho, sem se defender, no meio daquela maré uivante que se fechava sobre ele. Gaumier, o garoto que cuspira nos sapatos de Momo quando chegamos, acertara o primeiro tapa. Girino quisera intervir, Sénac o contivera. Milhões de socos e pontapés puniram Danny. Alguns bateram sem saber por que, para imitar os outros. A hora do jantar soou, alguns golpes mais fracos o atingiram, e ele foi abandonado sobre o ladrilho frio, respirando fracamente em seus farrapos floridos.

Houve uma investigação. Danny encontrara o vestido e o lenço num armário da enfermaria, esquecidos por uma noviça. Um pedaço de carvão lhe servira de maquiagem. Embaixo de um colchão, Girino descobriu uma fotografia arrancada de uma revista durante um passeio à aldeia, o retrato amassado de um jovem cantor da moda que parecia uma cantora. Seu nome, *David Bo...* estava pela metade. Nunca se soube de fato por que Danny se vestira de mulher e começara a andar pelos corredores. Se fizera isso para se divertir, por provocação. Porque escondia há muito tempo sua verdadeira identidade, como todo bom herói, ou por tudo isso ao mesmo tempo. Ninguém queria saber, na verdade. Mas havia alguma coisa estranha naquela história, concluíram alguns espíritos cuja sensatez e devoção não deixavam nenhuma dúvida: quem gostaria de ser uma mulher se ninguém o obriga?

Quando os alunos voltaram do jantar, havia apenas uma poça de sangue escuro e seco no chão do corredor. Danny tinha desaparecido.

– Desaparecido! – repetiu Sobix, com um gesto de prestidigitador.

– Desaparecido por onde?

– Venha ver.

Meus amigos se dirigiram a um canto do terraço. No nível inferior, a cabana de Étienne palpitava no escuro, lutava para tirar as trevas de seus azulejos amarelos. Fuinha apontou para uma calha que ziguezagueava atrás da construção.

– Enquanto jantávamos, Danny fugiu, todo machucado. Desceu por ali. Está vendo, lá embaixo? A grade passa tão perto do muro que, dessa cornija, você pode pular por cima dela. Uma loucura. A calha tem cem anos. O parafuso que a prende também.

– Ele morreu.

– Não. A calha aguentou, por milagre. Mas em vez de pegar a estrada, onde sabia que seria encontrado, ele decidiu escalar o paredão de granito. Sair pelo fundo do vale.

– Sem equipamento? Naquele estado?

– Sem equipamento. Naquele estado. E ele morreu.

– Enfim, é preciso dizer... – começou Edison.

– É preciso dizer o quê? Ele morreu, ou estou errado? – interrompeu-o Fuinha. – É o que importa. Então, fim da história. Não podemos ir embora, Joe. Se conseguíssemos, seríamos alcançados. Podemos nos encontrar aqui todos os domingos, isso sim. Ir embora, não.

– Vamos votar. Quem é a favor de ir embora daqui?

Levantei a mão. Sozinho. Busquei o olhar de Momo, que, sentado contra a mureta, olhava para as estrelas. Ele também era membro da Vigia, talvez um membro entorpecido, como o braço sobre o qual dormimos, mas ainda um membro, bem preso ao corpo. Tinha direito a voto. Momo sorriu, mas não levantou a mão.

– Proposta rejeitada – murmurou Fuinha.

Edison se levantou num pulo.

– Uma carta.

– Hein?

– Joe tem razão, isso não pode continuar. E você tem razão, Fuinha, não podemos ir embora. Mas podemos escrever uma carta. Uma carta em que contamos o que está acontecendo. Em que pedimos ajuda.

A ideia pairou por um momento entre nós, um pouco turva mas tenaz, com um estranho gosto de idade adulta, de compromisso. O *bum* supersônico me fez sobressaltar. Eu também o havia esquecido, embora ele não tivesse cessado. Eu me tornara um deles. Eu era um "garoto de Confins".

— Enviamos a quem essa carta? Não conhecemos ninguém lá fora.
— Conhecemos Marie-Ange — concluiu Edison, triunfal.
— Do rádio.
Sinatra riu.
— Ela nunca ouviu falar de nós. Por que nos ajudaria? Poderíamos escrever a meu pai, claro, mas com aquele idiota de agente...
— Marie-Ange — repetiu Fuinha. — Não é tão bobo assim. Diremos que a adoramos, que a ouvimos todos os domingos... As mulheres gostam de elogios.
— E o enderenço?
— Marie-Ange Roig, Sud Radio, Andorra, não é complicado. O problema...
O problema era que nada saía de Confins sem censura prévia. Não seria fácil subtrair um envelope do gabinete do abade. Eu me encarregaria dessa parte. Mas todas as correspondências eram entregues a Sénac, ou a uma irmã que verificava sua "retidão moral" antes de conceder o tão esperado viático: um selo. Uma lenda dizia que um garoto se queixara por carta da qualidade da comida, alguns anos antes, e fora obrigado a comer por um mês o que era devolvido à cozinha, e nada mais. Como nada era devolvido — órfãos raspam o prato —, ele perdera dez dos quarenta quilos que pesava. Uma lenda.
Todos se viraram para mim ao mesmo tempo.
— Você poderia pedir à burguesa.
— Rose? Pedir o quê?
— Sábado que vem, você pega a carta, esconde embaixo do blusão. E pede para ela colocar um selo e enviar por nós.
— Vocês enlouqueceram? Não suporto aquela garota. Ou melhor, não suporto seu *Diorling*.

— Seu o quê?

— *Diorling*. Seu perfume. Ela usa como se fosse um desinfetante quando estou lá.

— *Você conhece o nome do perfume dela?!*

Só havia uma resposta possível para aquela pergunta.

— Está bem, levo a maldita carta.

Eles me encararam, zombeteiros. Fui salvo por uma estrela cadente.

— Todos a seus postos de combate — ordenou Edison. — Os russos atacam.

Sobix caiu na gargalhada, e não sentiu mais nenhuma dor. Naquele momento, e somente naquele momento, nada nos distinguia do vento, dos animais, nada nos separava de tudo o que corria livre e despreocupado sobre o fio azul do horizonte.

A espera diante das flores do corredor. A espera sobrecarregada pela carta que coçava, pesava uma tonelada contra minha pele. A carta que eu não ousava tirar do bolso.
Querida Marie-Ange Roig.
A espera sobrecarregada pela humilhação de precisar pedir ajuda a *ela*, que eu detestava como nunca detestara ninguém, nem mesmo minha insuportável irmã quando colocara meu disco dos Monkees no forno "para ver se era de alcaçuz".
Nós somos a Vigia.
A mansão estava silenciosa. Pensei que tivessem me esquecido ali, a família voltara a Paris. Ninguém se lembrara do órfão do corredor, aquele dos sábados arrastados, e quando percebessem que ele faltara à chamada, já que ninguém sentira sua falta, seria tarde demais. Meu coração disparou.
Somos um grupo de alunos do pensionato Os Confins. *Ouvimos seu programa todos os domingos, sua voz é muito bonita. Escrevemos porque você é a única que pode nos ajudar.*
À minha frente, um ramo de cravos dentro de uma moldura preta. Uma porta bateu em algum lugar. Eu não fora esquecido. Voltei a respirar.

Nosso fiscal-geral é violento, vários alunos foram machucados. Não sabemos a quem avisar. Mas você saberá, deve conhecer muita gente importante, pois trabalha na rádio. Se receber essa mensagem, diga a palavra "Vigia" no programa de domingo à noite, o único em que podemos ouvi-la.

Receba, querida irmã em Cristo, a expressão de nossos melhores sentimentos.

Eu os convencera a utilizar a fórmula do abade – ela funcionava, a julgar pelo afluxo de doações. O "pensionato" também fora ideia minha. Quando se procura uma mão de apoio, melhor esconder que se é leproso.

Uma sombra se moveu à minha esquerda. Um homem passou por mim, pequeno e cinza, de terno e maleta. O homem cinza me cumprimentou com um sinal imperceptível da cabeça e sumiu à direita. O silêncio, de novo. A governanta finalmente apareceu e me conduziu, em pequenos passos sobre seu salto de cortiça, até o salão. Nada mudara desde o sábado anterior, desde os sábados anteriores, nada mudara desde os últimos séculos. Nem Rose, na ponta de seu banco à frente do piano, nem os anjos asmáticos que sufocavam no teto com suas conchas, oboés d'amores e pulmões cheios da densa fuligem cuspida por anos de lareira ligada.

A partitura estalou no meio daquele silêncio. Bach. Toquei à primeira vista a ária das "Variações Goldberg". Rose me imitou como um cachorrinho linfático, desajeitado, titubeante de sono. Sua testa brilhava um pouco. O ritmo estava distante – tanto de mim quanto dela. A governanta, toda aprumada em sua poltrona, os ouvidos atentos, pela primeira vez se recusava a dormir. Impossível pegar a carta. Ao fim de nossa hora de aula, um sininho ecoou nas entranhas da mansão. A velha pulou, alisou a saia, nos fez

um sinal com a cabeça e desapareceu. Levantei o blusão na mesma hora. Rose olhou para mim, boquiaberta.
— O que está fazendo? Se pensa que...
Estendi-lhe a carta. Eu tinha ensaiado aquela cena a semana toda, repassei um filme em minha cabeça, *à la* Hollywood, para não deixar nada ao acaso. *I know we've had our ups and downs, baby, mostly downs...* Ficava um pouco pior na tradução, mas era o que tínhamos. *Sei que tivemos nossas diferenças, mas precisamos deixá-las para trás. Preciso lhe pedir um favor.*
— Quero que você coloque isso no correio.
— Você *quer*?
— Sim. Não podemos fazê-lo pessoalmente.
— O que é isso?
— Uma carta.
— Estou vendo que é uma carta. Por que não a posta você mesmo? Está me tirando para quê, sua secretária?
— É uma carta que não podemos postar pessoalmente.
— Por quê?
— Porque vivemos na lua, entende?
— Entendo que você é maluco.
— Pode postar, sim ou não?
— Não.
Sons de passos atrás da porta. Não consegui nem mesmo pensar em esconder a carta, estupefato. Um problema técnico: a legenda certa no filme errado, ou vice-versa, pouco importava. A maçaneta girou. Rose arrancou-me o envelope das mãos e o escondeu dentro da partitura, fechando-a.
— Não pense que será de graça.
O conde e sua esposa entraram, o primeiro com seu ar permanentemente distraído por negócios importantes, a segunda num passo titubeante de equilibrista. Sénac os seguia. Atrás deles, à distância, como se fosse o último dos

últimos, um pastor apareceu. Um pastor estranho, de roupa vermelho-fornalha e bastão de ouro que guiavam multidões pelas encostas da noite. Ele tinha, sob o chapéu alto, um sorriso de criança cansada, como se pedisse desculpas por estar usando por tempo demais aquele disfarce. Ao qual, aliás, renunciaria alguns meses depois.

– Monsenhor Théas, aqui está o jovem Joseph Marty, um de nossos internos – anunciou Sénac. – Ele se voluntariou para dar aulas de piano à senhorita Rose.

Inclinei-me para beijar o anel do bispo – eu ao menos aprendera algumas coisas de tanto trabalhar para o abade –, mas ele segurou minha mão na sua e pousou a outra em minha testa. Depois, murmurou só para mim:

– Deus te abençoe, Joseph.

Vi meus pais se dispersando no ar. Minha irmã flambando, devolvendo às estrelas os átomos que usara para se tornar ela mesma, Inès, enquanto eu permanecia inteiro. Tive minha cota de deuses que abençoam, do um-único-deus-criador-do-céu-e-da-terra, de ressurreições da carne, de filhos sentados à direita do pai, de litanias de santos, e mais. A única direita do pai que conheço é aquela que meus amigos e eu recebemos, no meio da cara. Vi mil homens oprimidos por uma vida em preto e branco. E charlatães lhes prometerem, no mercado de domingo, que se acreditassem com muita força e não fizessem muitas perguntas, um dia veriam as cores.

Mas quando Théas murmurou "Deus te abençoe", pela única vez na vida eu acreditei, porque, ao contrário dos outros, ele também acreditava.

***

Rose fez a mesma reverência antiquada que fizera para Sénac, no primeiro dia. Seus pais nos indicaram os sofás.

– Monsenhor Théas teve a bondade de nos trazer um bolo – declarou o conde. – O que dizemos, Rosette?

Sua filha o encarou com incredulidade.

– Dizemos obrigada, imagino – ela respondeu secamente.

Sénac se imobilizou, seu pai não pareceu notar sua insolência.

– Obrigado, *monsenhor* – corrigiu o abade, com um sorriso duro.

O bispo fez um gesto cansado.

– Sem formalidades. E se provássemos a dita torta? Eu gostaria de dizer que a fiz com minhas próprias mãos, mas, como vocês podem ver – e levantou as mãos enluvadas –, estou mal equipado.

O conde se preparou para soar a campainha, o abade o deteve com um gesto.

– Joseph pode fazer isso, se o senhor permitir. Nossos internos são educados para servir, em todas as circunstâncias, para a glória de Deus. Joseph?

Assenti, ridiculamente grato a Sénac por ter dito *internos*.

A cozinha ficava no fim do corredor, era ainda mais escura que o restante da casa. O sol talvez tivesse tentado penetrar ali um dia, por arrombamento, mas se perdera naquele labirinto onde seu cadáver apagado esfriava lentamente. Sobre uma mesa cheia de marcas de uso, perto de uma pilha de pratos sujos, uma torta de maçã esperava dentro de uma enorme caixa da *Padaria Central*. Transferi quase toda a torta para um prato grande, sob a luz piscante de uma lâmpada.

Na hora de sair, vi uma caderneta. Uma lista de compras iniciada, interrompida em *aspirina*. Sobre a caderneta, uma caneta. E tive uma ideia, uma ideia que podia estragar tudo. Perigosa, excitante. Eu colocaria a Vigia em perigo, mas não me importava. A carta não adiantaria nada, eu tinha certeza. Bater forte, tão forte quanto eles, essa era a solução. Com a caneta, escrevi *SOCORRO* dentro da tampa da caixa da torta. Passei a caneta uma segunda vez, para deixar bem claro. Fechei a tampa, deixei a caixa num lugar em evidência perto da pia, onde seria aberta depois de nossa partida. Onde encontrariam, em vez de um pouco de doçura, uma escuridão de sepulcro. Voltei ao salão, com o prato um pouco trêmulo nas mãos, e servi-os. Os homens conversavam, as mulheres se calavam. O bispo me deu uma piscadela amigável, uma fração de segundo de sua atenção, uma fração de segundo que dilatou o espaço, preencheu-o e me fez entender por que tantas ruas e praças teriam seu nome alguns anos depois. Rose, com todos os espinhos para fora, comia sem levantar o nariz.

A conversa se esgotou, mordida no coração por um desses silêncios que rondavam a velha casa.

– Joseph recusou a adoção por uma família anfitriã – anunciou Sénac no imenso silêncio que se seguiu. – Preferiu ficar em Confins. Não é mesmo, Joseph?

Abri a boca. Nada saiu, exceto um pedaço de maçã que caiu em meu prato e me valeu um olhar malicioso de Rose. O bispo franziu o cenho.

– *Não é mesmo, Joseph?* – repetiu Sénac.

Ele sorria ainda mais, com aquele sorriso torto, falso, forjado sem alegria em obscuras fundições.

– Sim, senhor abade.

– O que o fez tomar essa decisão, meu rapaz? – perguntou monsenhor Théas, virando-se para mim.

Sénac pousou uma mão amigável sobre minha nuca, despenteando meus cabelos.

— Não seja tímido, Joseph, repita o que me disse naquele dia. Que sua família, agora, é Confins. Não foi isso que você me disse?
— Sim, senhor abade. Foi o que eu disse. Minha família, agora, é Confins.
O silêncio, novamente, cerrou seus dentes sob o pé direito alto.
— Mais um pouco de torta? — sugeriu a condessa. — Deve ter sobrado um pouco na cozinha, não é mesmo, Joseph? Pode nos trazer a caixa?
Todos os olhares pousaram sobre mim.
— Responda — murmurou Sénac.
— Sim. Sim, sobrou, mas...
— Mas o quê?
Por sorte, Théas se levantou.
— Para mim não, obrigado. Preciso ir. Meu rebanho me espera. Eu teria adorado ouvi-los tocar, meus jovens. Da próxima vez.
— E nós já abusamos demais de sua hospitalidade — acrescentou o abade, imitando seu superior.
Eu tremia tanto que precisei colocar as mãos nos bolsos. O trajeto até a saída me pareceu interminável, os corredores mais compridos e lúgubres que antes. No alpendre, nos despedimos do conde. Assim que saímos, passos precipitados se fizeram ouvir na casa.
— Esperem! Não saiam!
A mãe de Rose apareceu, sem fôlego, com a caixa da torta na mão, a maldita caixa e sua mensagem explosiva escrita em maiúsculas de desespero. Ela recuperou o fôlego, depois entregou a caixa a Sénac.
— Leve, sobrou bastante, leve. Dê aos órfãos.
— Fique com ela!

Eu quase gritara. Sénac se virou para mim, impassível.

– Quero dizer, sobrou... mas não o suficiente.

Eu estava todo molhado, transpirava tanto que ia desaparecer, derreter sobre os degraus de pedra e entrar na terra seca e indiferente dos Pirineus. No entanto, quando toquei minha testa, ela estava seca. Os olhos de Sénac perfuravam lentamente os meus.

– É muito gentil de sua parte, querida amiga. Nossos órfãos ficarão agradecidos.

Ele pegou a caixa. Girino esmagou o cigarro e se aproximou com o carro. Sénac subiu atrás, me fez sinal para acompanhá-lo. Um cheiro artificial, adocicado, emanava de seu corpo. Ele tingira as têmporas naquela manhã.

Atravessamos a aldeia. Girino dirigia lentamente, o abade batia com a ponta dos dedos na caixa sobre seus joelhos. *Não olhar para a caixa. Olhar para a frente.*

Para a frente significava as costas de Girino, que ultrapassavam o assento do condutor. Costas cobertas de pelos que saíam em turbilhão do colarinho da camisa e se misturavam aos cabelos lisos, estranhamente finos, numa confluência fluvial facilitada pela ausência de nuca, um delta piloso que logo me deu náuseas.

Ou melhor, não, olhar para Sénac como se nada tivesse acontecido. Sorrir, será mais natural. Não olhar para a caixa.

Olhei para a caixa.

Sénac abaixou os olhos, me encarou, depois olhou de novo para a embalagem. Ele deu de ombros, me esqueceu, alisou delicadamente as têmporas perturbadas pela brisa.

– A torta estava boa, não é mesmo, Joseph?

– Sim, senhor abade.

– Quer mais um pedaço?

– Não, senhor abade.

— Tem certeza?
— Sim, senhor abade.
— Eu não tenho certeza...
O padre acariciou a tampa, entreabriu-a, olhou para mim, deixou-a cair.
— Você acha que não sei, Joseph?
Ele bateu no ombro de Girino.
— Pare o carro.
Girino parou no acostamento, bem ao lado da saída da aldeia, ao lado de um velho vagonete de metal. O hálito quente de Sénac, que ardia de rancor e maçã, envolveu meu rosto, me sufocou com a mesma força de um fiscal numa noite de tempestade.
— Você acha que não sei que você foi guloso?
E atirou a caixa pela janela, para dentro do vagonete, e fez um sinal para Girino. O DS acelerou.
— A gula é um pecado capital. Entendeu, Joseph? Hoje o Senhor tinha algo a lhe dizer.

Assim que voltei a Confins, Sobix pulou em cima de mim. Queria saber se eu conhecia o fim. O fim de *Mary Poppins*, que eu esquecera de perguntar a Rose. Então inventei. Inventei uma história de crianças enviadas para um orfanato secretamente financiado pelos russos, do qual Mary Poppins os retirava a golpes de guarda-chuva voador. Sobix arregalava os olhos, socando o ar a cada luta, principalmente quando descrevi a luta final entre Mary Poppins e o abade Rasputin.

Silenciei o fiasco da torta – eu já tinha sido suficientemente comparado a Danny. Danny, Danny, Danny, eu estava de saco cheio daquele herói e de sua lendária temeridade. A lenda, justamente, dizia que ele havia nascido num orfanato, fruto dos amores ilícitos de uma freira com um leigo, pois naquele ambiente o amor é ilícito. Danny era enorme, segundo Sobix. Nem tão enorme assim, segundo Sinatra. Sobix dizia que ele era forte, capaz de estrangular um javali com uma mão, mão que era do tamanho de uma frigideira. Os outros riam, ninguém jamais vira Danny estrangular um javali com uma ou duas mãos. Mas suas iras eram temíveis e seus humores, incendiários, todos concordavam. Ninguém implicava com ele. Era corajoso, egoísta e louco.

Depois de muita hesitação, eles me mostraram uma foto que guardavam como uma relíquia, tirada durante uma das inúmeras façanhas de Danny, uma fuga noturna até a aldeia depois de uma aposta. Como se pular o muro não bastasse, ele teve a audácia de ir ao bar. Como prova, trouxera uma fotografia sua, tirada por um casal de turistas: um belo garoto de cabelos quase longos, camiseta vermelha, olhos fixos na objetiva. Estranha prova. Pois, para quem olhasse bem, o garoto da foto não estava realmente ali, naquele bar, contra aquela parede de lambris tristes. Era a foto de uma ausência. Os olhos de Danny, sob os cílios de menina, não estavam fixos na objetiva. Olhavam muito mais longe, atrás do visor, atrás do fotógrafo, atrás do espaço, davam a volta ao mundo e voltavam para ele mesmo. E talvez Danny já pensasse, desnorteado pelo que pressentia, por aquela doçura que cintilava sobre sua virilidade: *um dia partirei, partirei para sempre.*

    Todas as noites da semana seguinte, Sobix me acordava, bem na hora que eu pegava no sono.
— Joe, Joe, acha que deu certo? Que Marie-Ange recebeu? A carta?
    Na primeira noite, respondi com o carinho típico dos órfãos:
— Vá se foder.
    Ele molhou a cama, usou capa de mijo no dia seguinte. Precisei descrever, todas as noites até domingo, quando finalmente poderíamos ouvir *Carrefour de nuit*, por onde a carta andava. Na caminhonete dos Correios, com cheiro de óleo queimado. No centro de triagem, com cheiro de suor.

Ela passava por um desfiladeiro com cheiro de chuva – Sobix adorava cheiros. Quinta-feira: a carta descia para Andorra. Sexta-feira: o carteiro a colocava numa bolsa com cheiro de couro e começava seu percurso.

– Joe, Joe, já deu? Marie-Ange recebeu a carta?

Na sexta-feira, fiz a coisa durar. O carteiro parava para fumar. Trocava um pneu. Não encontrava as chaves do carro. Sobix se desesperava e gritava para ele se apressar. Na última noite, sábado, dei-lhe o grande presente.

– Pronto, a carta chegou. Marie-Ange deve tê-la aberto.

Sobix quase sufocou.

– Verdade? Tem certeza? Você acha que ela disse o quê?

– Ela não disse nada. É um segredo entre ela e nós. Alguém talvez tenha visto que ela fez uma cara estranha e perguntado o que estava acontecendo. Ela respondeu: "Nada, nada", e dobrou nossa carta. Ela a escondeu embaixo do vestido, junto ao corpo. Ela está pensando, agora.

Sobix não pregou o olho a noite inteira. No dia seguinte, pegou no sono em plena missa. Girino o tirou de seu banco e, para ajudá-lo em seu arrependimento, administrou-lhe um "batismo nas águas do Jordão", técnica que consistia em enfiar a cabeça do penitente, um pouco mais demoradamente que o necessário, na fonte gelada que alimentava Confins.

À noite, às 10 horas em ponto, Fuinha girou o botão de nosso rádio no terraço. A sequência de abertura começou, Maire-Ange sorria na outra ponta da transmissão. Segurávamos a respiração.

Ela não disse a palavra *vigia*.

Deitamos no terraço. Um ao lado do outro, sob a bandeira estrelada dos que caíram no campo de honra.

— Ela não deve ter recebido a carta — decretou Fuinha.
— Olhem para as montanhas, ao longe. O desfiladeiro está enevoado. Isso atrasa tudo.
— Verdade. Com certeza a receberá nesta semana.

Para nos consolar, Sinatra se ofereceu para nos falar de Vegas. Os outros conheciam Vegas de cor, e aquilo não consolava ninguém, a não ser ele mesmo, mas ninguém protestou. Havia uma possibilidade ínfima, minúscula, puramente estatística, de que Frank fosse de fato seu pai, tanto que eles tinham uma estranha semelhança. Mas era impossível dizer se essa semelhança era a consequência ou a causa de toda aquela história. E como Sinatra prometera nos convidar a Vegas se o agente judeu de seu pai cessasse suas tramoias, pensávamos que, em todo caso, melhor jogar o jogo. A merceeira de Figeac, que, longe dali, fixava a parede de um hospital psiquiátrico, talvez tivesse dito a verdade.

Então Sinatra começou a falar. Sin City, a cidade do pecado, a estonteante cidade sem relógios, de letreiros luminosos verdes, amarelos, rosas-choque, ruas estridentes e palmeiras que nunca se apagavam. Passamos por uma fila de mulheres com olhos de Medusa. As mulheres nos odiavam, gritavam: "Por que eles, o que eles fizeram para passar na frente de todo mundo?". Um colosso quis nos deter na porta do cassino. Um sujeitinho de traje antiquado, que lembrava Rothenberg, lhe deu um tapa atrás da cabeça. "*Show some respect, you idiot, that's Frankie's son and his friends*", e a frase fez as medusas se calarem. Ele nos conduziu até nossa mesa, a mesa dos VIP, bem na frente do palco. Um homem já estava sentado. O sujeito nos apertou a mão e se apresentou com voz grave, uma voz que falava de noites em que a lua era azul, de hotéis cheios de corações partidos. "*Hey kiddos, I'm Elvis.*" Sobix pediu uma batida de morango, Momo, um anisete, nós, uísque. Frank apareceu com seu colarinho torto, Vegas suspirou. Ele piscou para nós e começou seu último sucesso, "My Way", e tudo ficou bem.

A semana começou com seus apitos, suas orações da manhã, suas refeições em silêncio, mais apitos, mais silêncios, gelo nas janelas, frio nas pedras, tarefas, transações de Fuinha. Um novato chegou, um despenteado garoto de 5 anos que olhava a seu redor com constante assombro. No dia seguinte, usou capa de mijo, tremendo no pátio, ainda mais assombrado. E o que fizeram meus amigos ao vê-lo passar pela janela, amarelo e congelado? Zombaram dele, Sobix mais alto que todos. Eu disse que não eram santos.

O tédio era um torniquete. Esquadrinhávamos o peito, em busca, dentro de nós mesmos, do espaço que faltava no exterior. As aulas, de uma vacuidade que teria horrorizado minha mãe, a professora, pesavam. Ninguém se preocupava em ensinar, bastava nos ocupar. Garantir que fôssemos capazes de escolher entre eletricidade e hidráulica. Capazes de diferenciar um condutor de fase de um condutor neutro, uma conexão de solda de uma conexão de rosca. Não nos ensinavam a pensar grande, de maneira ampla. Sempre nos colocavam na frente de uma tomada ou de uma torneira, nunca na outra ponta das grandes artérias de cobre que iluminavam nossas noites ou enxaguavam nossas bocas, nunca nas fontes borbulhantes, nas turbinas magníficas. Por isso éramos péssimos encanadores, maus eletricistas.

Naquela semana, Edison se rebelou. Foi até o abade e lhe pediu manuais de matemática mais avançada do que aqueles que utilizávamos – adivinhava uma beleza que nos escapava. O abade riu, Girino também. O fiscal disse então que Edison já tinha a sorte de ser educado como um verdadeiro francês e que, de todo modo, ele não precisaria de matemática para varrer as ruas. O abade censurou Girino. A cor da pele não importava aos olhos de Deus, desde que se fosse um bom cristão. Mas um bom cristão, ele afirmou, não precisava aprender matemática em nível avançado, a Bíblia o teria mencionado. Justamente, replicou Edison, Jesus não tinha um fraco pela multiplicação? Sénac o fez limpar os banheiros externos, os piores, para que ele aprendesse a humildade. E para assegurar-se de sua contrição, pois nunca se estava a salvo de uma recaída, Girino o batizou várias vezes nas águas do Jordão.

Na manhã seguinte, quarta-feira, o fiscal chegou ao pátio e apontou para Sinatra.

– Você. Comigo.

– Eu?

– Sim, você. Ficou surdo? Comigo, estou dizendo. O senhor abade quer vê-lo.

Sinatra nos lançou um olhar preocupado. Fuinha o ignorou, Edison o ignorou, Sobix o ignorou. Eu o ignorei, cada um por si. Momo o ignorou, mas eu não juraria que tinha entendido. As aulas se alongavam sob as rachaduras do gesso. Sinatra voltou logo antes do fim da aula, lívido. Momo me deu uma cotovelada e me mostrou a flor que acabara de desenhar.

O apito soou. Saímos em fila indiana, Sinatra por último. No refeitório, ele se sentou à parte. Comeu com ar ausente, cenho um pouco franzido. Tínhamos aula de educação física depois do almoço, mas ele parou no caminho para ir ao banheiro. Fuinha se separou do grupo para segui-lo, fui atrás dele. Edison, paralisado pela recém-adquirida humildade e um início de bronquite, julgou prudente não nos acompanhar.

Sinatra estava no mictório quando chegamos ao banheiro que, apesar das janelas abertas o ano todo, apesar das faxinas de joelhos, sempre fedia a urina de monges mal alimentados ou cônegos obesos, de garotos trêmulos, de adolescentes saturados de hormônios, um cheiro amarelo que se incrustava nos rejuntes e penetrava as paredes como uma cola. Ele olhava para o teto, com a boca levemente entreaberta.

– O que aconteceu, caramba? – gritou Fuinha.

Sinatra levou um susto, lançando um jato contra a parede, molhando décadas de arte bruta: corações atravessados por flechas, promessas da Argélia francesa, *René + Jean-Louis*, sexos esguichantes, *morte aos fellouzes* – todos cobertos pelo verniz do esquecimento. Ele corrigiu a mira, se sacudiu e fechou a braguilha. Quando se voltou para nós, estava sorrindo.

– Estão prontos?
– Para quê?
– Para isto: meu pai respondeu.
– Hein?
– Enfim, seu agente. Ele disse que Frank queria fazer um teste para ver se eu era seu filho. Eles vão enviar alguém. Algum perito.
– Está brincando?
– Não. Foi o que o abade me disse.
– Quando chega o perito?
– Não faço ideia. Espero que logo. Porque não quero mofar aqui.

Ele começou a rir, nervosamente, a rir cada vez mais alto, até não conseguir parar. Quando finalmente recuperou o fôlego, colocou as mãos no quadril e estufou o peito.

– Admitam que ficaram de queixo caído.

E saiu, balançando a cabeça e assobiando "My Way".

– Você acha que é possível? – murmurou Fuinha. – Que Sinatra é seu pai?
– Não sei. É verdade que eles se parecem.
– Vou esperar pelo resultado do teste.

— Eu também.

Nos juntamos aos outros, com o queixo um pouco caído, os olhos cheios das luzes do Las Vegas Strip, um gosto de lagosta e bisteca no fundo da garganta. Era inconcebível. Não fazia sentido.

Mas tínhamos visto coisas mais inacreditáveis, e ainda veríamos.

Chovia a cântaros, e dos grandes. Enormes, cheios de lama e diesel. Girino me fez o grande favor de estacionar o DS o mais longe possível da mansão do conde.

— Não pode chegar mais perto?
— A alameda está toda cheia de lama. Você quer que eu suje os pneus, por acaso?

Corri sob trezentos metros de fúria e granizo. Eu tiritava entre as flores, um pouco atordoado, à espera da boa vontade de Rose. Uma hora se passou.

O fogo ardia no salão quando fui finalmente chamado. Aproximei-me, tanto para me aquecer quanto para secar meu blusão. A governanta nos deixara, tendo sem dúvida decidido que ninguém jamais escreveria uma ópera sobre nós — estava certa. Rose se virou para mim de seu banco, com o mesmo vestido vermelho do primeiro dia, com uma arrogância de papoula.

— Nunca ouviu falar em guarda-chuva?
— Você postou a carta?
— *Bom dia, Rose. Como vai, Rose?* Vocês não aprendem boas maneiras no *orfanato*?

Ela enfatizara a palavra, para machucar. E caiu na gargalhada.

— A coisa boa entre nós é que nos detestamos e que podemos dizer tudo sem medo. Você me acha pretensiosa, mimada, rica demais, isso demais, aquilo demais. Você não gosta da maneira como me visto.

— Gosto da maneira como você se veste — corrigi-a num murmúrio. — Marc Bohan é um gênio.

Eu apenas repetia o que minha mãe dizia. Eu não sabia nada sobre o gênio, à época, nada além do que me diziam. Mas eu gostava daquele vestido, realmente. Aquele vestido que ao mesmo tempo a continha e libertava, aquele vestido de dobras sombreadas onde eu gostaria de me perder e prostrar. Rose se calou, atônita. Eu não a surpreenderia mais se tivesse tirado um buquê de flores de sua orelha, como vira um mágico fazer no último aniversário de minha irmã. Inès dera gritinhos de alegria. Mas não teve muitos aniversários.

Driblei a vigilância de Rose, aproveitando sua surpresa.

— Mas o resto é verdade. Pretensiosa, mimada, rica demais. E você se perfuma demais.

Ela riu de novo. Dessa vez, seus lábios estavam brancos, ainda mais que o normal. Ela logo contra-atacou.

— E você tem cheiro de ovelha molhada.

— É o maldito blusão de lã, está encharcado.

— Não, Joseph. Você tem cheiro de ovelha molhada mesmo sem o maldito blusão, mesmo quando não está chovendo. Você é desagradável, sinistro e egoísta. Podemos nos dizer todas essas coisas com franqueza, não? Acho formidável não precisar fingir.

— Porque você já fingiu, por acaso?

— O dia todo. Finjo tanto que estou fingindo mesmo agora. Fingindo suportar você. Na verdade, gostaria de empurrá-lo para o fogo.

Voltei-me para a lareira. Dissolver meus átomos, eu também. Me dispersar, rodopiar na cólera de uma tarde de outubro que parecia noite.

— Você postou a carta, sim ou não?
— Sim, postei a carta.
— Tem certeza?
— Quer um recibo, também?
Um pouco mais aquecido, sentei-me ao piano.
— Bom, hoje vamos estudar...
— Não, hoje *você* vai estudar. Tocar por nós dois. Dê um jeito de soar como se eu estivesse melhorando, meus pais vão ficar satisfeitos. Principalmente meu pai, que não gosta de desperdiçar seu dinheiro por nada. Vou ler. Sábado que vem vai ser a mesma coisa. E o seguinte também. Então pense em dosar meu progresso. E pare de me olhar com essa cara de cachorrinho pidão.

Eu estava em dívida. Então toquei, ou melhor, apertei em teclas que comandavam martelos, que batiam em cordas que emitiam notas, notas que a seguir se integravam a uma melodia, uma harmonia, ou as duas. Não se tratava de música. Rose me analisou por cima de seu livro.

— É engraçado — ela murmurou.
— O que é engraçado?
— Você nunca mais tocou como naquele primeiro dia, no gabinete do abade.

Eu não achei aquilo engraçado, nem um pouco. Achei perturbador que ela tivesse percebido.

— Não me lembro de ter tocado diferente.
— Tocou, sim. Se você tocasse daquele jeito de novo e eu o ouvisse do outro lado do mundo, eu o reconheceria. Como sabe de Marc Bohan?

Ela fechou o livro; pulava de um assunto a outro com a imprudência de uma trapezista. Respirei fundo.

— Todo mundo conhece Marc Bohan.
— Não. Foi sua mãe, não é mesmo? O que seus pais faziam?

Dois meses de indiferença e, de repente, uma metralhadora giratória. A terra tremia, a boca secava, os vidros riscavam o ar num rastro prateado. Resisti a uma furiosa vontade de sair correndo.

— Os sapatos que seu pai usa, aqueles *richelieu*... Meu pai que os faz. Fazia. Enfim, não pessoalmente, sua empresa. Sapatos e colchões.

— Eles morreram como, seus pais?

Stabat mater dolorosa
Juxta crucem lacrimosa
Dum pendebat Filius.

— Não quer falar sobre isso?

A mãe se mantinha, dolorosa, chorando junto à cruz de onde seu filho pendia. Seu filho retorcido, seu filho ferido por espinhos, a guache escura misturada ao sangue, ao suor, às lágrimas, a guache que riscava o rosto e a boca torta, babando vinagre em papel barato. Giovanni Battista Pergolesi compusera a música mais terna do mundo. E eu tinha *rido*. Rido da miséria de um homem.

— Acidente de avião.

— Humm.

Nenhum "sinto muito" ou "que triste, terrível, pobre Joseph". Apenas "humm". E ela não me dirigiu mais a palavra, naquele dia e nos meses que se seguiram, a não ser para dizer bom dia, obrigada, adeus. Senti-me grato por isso. O ódio, como a oração, se alimenta de silêncio.

Na noite seguinte, Marie-Ange não disse a palavra *vigia*. Também não disse no outro domingo, ou no outro. Era preciso reconhecer: nossa carta se perdera, ou alguém a abrira antes dela e a tomara por uma farsa. Preferimos não pensar que Marie-Ange a tivesse lido sem reagir.

Novembro se instalou, uma monotonia úmida, cortante, que nos confinava atrás dos vidros embaçados. A grande caldeira do subsolo tinha sido ligada, nós a ouvíamos rugir através da pedra. A tarefa de buscar carvão fora acrescentada às outras, para alegria de Girino, que, sempre que passava por Edison, observava "Ora, buscou carvão hoje?" e soltava uma gargalhada pigarrenta de fumante. Era preciso levar o combustível da rampa de carvão até a boca do monstro, e o empenho dos menores a princípio me espantou. Eles empurravam carrinhos de mão enormes, cada um segurando um puxador, às vezes ajudados por um terceiro, sob o olhar satisfeito dos maiores. Estes os haviam feito acreditar que, se viesse a faltar carvão, *eles* é que seriam colocados na caldeira. Porque um pequeno órfão demorava bastante para queimar e produzia um calor cobiçado, por sua suavidade, pelo paladar de todos os ogros do mundo.

Sinatra estava com os nervos à flor da pele, sobressaltava-se assim que alguém buzinava no portão. Nunca era o perito prometido, e sim a padaria industrial que entregava nosso pão, ou um carregamento de carvão e até mesmo, uma vez, uma família de alemães que se perdera e pensava ter encontrado seu hotel.

– É mais um golpe do judeu – ele murmurava.
– O que os judeus fizeram a você? – eu quis saber.
– Eles me impedem de ver meu pai, é isso que fazem. E agora atrasam o perito.

Edison, que raramente abria a boca e só pensava em circuitos, cargas elétricas, positivo, negativo, abriu a boca.

– Assim não dá.
– Alguém chamou você, por acaso? Volte para a África.
– Venho do Jura, imbecil de merda!

Edison pulou na garganta de Sinatra, eles lutaram, mas depois apertaram as mãos a contragosto, sob a égide de Fuinha, nosso líder tácito. Sinatra admitiu que não tinha muito contra os judeus. Edison, que Sinatra não era de merda.

A Vigia se reunia obstinadamente, sob qualquer tempo. Fuinha negociara um pedaço de lona com Étienne, deitávamos embaixo dela quando chovia. Era estreito, sufocante. Mas ficávamos secos. Ouvíamos nosso rádio à luz de uma lâmpada roubada de um corredor, a qual Edison alimentava com um circuito de batatas. Numa noite escura em que a neve ameaçava cair, o primeiro domingo do Advento de 1969, Marie-Ange murmurou, no momento de encerrar o programa: "E, acima de tudo, mantenham a *vigilância* na estrada". Seis corações dispararam – sim, até o de Momo, pois pulamos tão alto que ele também pulou.

Houve um longo debate para saber se a palavra contava. *Vigia* era difícil de encaixar, pensando bem. Talvez aquela tivesse sido a única maneira que ela encontrara de fazê-lo, escondendo-a em outra palavra. Mas ela a enfatizara? Sobix ouvira *vigia-lância*, eu, *vi-gi-lân-cia*, os outros não perceberam nada. O entusiasmo arrefeceu. E como nada aconteceu nas semanas seguintes, precisamos aceitar que se tratava de uma coincidência.

No último domingo do Advento, rezava a tradição, o orfanato inteiro descia à aldeia. O ônibus estacionava numa esplanada pavimentada, perto de uma correnteza, na saída da cidade, depois entrávamos em procissão atrás de uma grande estrela de papel machê. O abade guiava a caminhada. Depois disso, estávamos livres para ir e vir na praça central. Uma liberdade severamente controlada por Girino, que, perverso cão pastor, descrevia grandes círculos ao nosso redor e trazia para o centro do rebanho os que se afastavam demais, a golpes de bota com pregos. Não havia ninguém igual para nos encontrar nas ruelas mais escuras, mais estreitas, e nos tirar de lá.

Éramos fantasmas, nunca tive tanta consciência disso quanto naquele dia. Os moradores sorriam, aplaudiam quando passávamos. Mas eles não nos *viam*. Eles só viam o abade, que sorria e apertava mãos, e os funcionários do orfanato: algumas freiras, Rachid e Camille, que se voluntariavam. Eles não viam o pequeno novato que cambaleava à frente de nossa horda espectral. Seus olhos pairavam acima de nossas cabeças. Sem passado, sem futuro, sem antes e sem depois, um órfão é uma melodia de uma só nota. E uma melodia de uma só nota não existe.

As únicas vezes que nos tornávamos um pouco mais substanciais era quando entrávamos nas lojas. Nelas, os moradores apertavam os olhos e, ao preço de um esforço sobre-humano, distinguiam uma forma vaga que não encaravam diretamente, como se não estivessem certos de sua localização. Quanto mais tempo ficávamos e quanto mais gastávamos, mais eles se encorajavam, pegando sem hesitação as cédulas que trocávamos por guloseimas, imagens ou revistas esportivas.

E depois partíamos, deixando uma vibração no ar, uma revoada de aves noturnas, uma impressão crepuscular, mas sem pegadas na neve. E quando havia pegadas, elas eram rapidamente varridas. As persianas eram fechadas, talvez eles pensassem *pobres garotos* e, quase na mesma hora, *melhor cada um em seu lugar*.

— À mesa, não se fala nem de política, nem de sexo, nem de religião — meu pai me ensinara.

Ele aprendera isso com sua mãe, era um bom conselho. Durante a refeição de Natal, no refeitório iluminado por dezenas de velas, não falamos de política, e menos ainda de sexo. Em contrapartida, falamos de religião. Muito. O abade tomara o lugar do leitor e se levantava entre cada prato para nos ler uma passagem dos Evangelhos. Tremíamos de impaciência e fome, depois das duas horas de missa que acabáramos de aguentar no convento das dominicanas. Sénac nos convidava a ter o coração feliz, a alma cheia de alegria. Tínhamos o estômago nas costas.

O cardápio não diferia do habitual, com exceção de um brioche borrachudo, decorado com frutas secas, entregue pela padaria industrial três dias antes para servir de sobremesa. A ração de vinho fora duplicada para os maiores de 16 anos. Fazíamos os pequenos beberem às escondidas. A padaria também entregara uma caixa de chapéus cônicos e serpentinas que acabaram na caldeira. Era Natal, o abade dissera, não carnaval. Mas os moradores de Confins pareciam felizes. O próprio Sénac parecia alegre, quase leve, o dia todo.

– Por que você está com essa cara? – sussurrou Fuinha para mim.

– Porque em meu último Natal comi peru. E rocambole de chocolate.

– Em meu último Natal, o prédio caiu em cima da gente. Fomos autorizados a sair. A meia-noite se aproximava, um perfume de resina e pinhas pairava sobre um frio cortante. Girino, que pegara uma gripe dos diabos durante o passeio à aldeia, resmungava e batia os pés na neve fresca. Ele nos vigiava, a cabeça um pouco caída para trás, como se não conseguisse abrir completamente as pálpebras. Um som de bronze chegou até nós, doze badaladas colhidas por uma rajada de neve no topo de um campanário. Uma alegria surda atravessou os corações, uma alegria de manjedoura, de animais que falam ao toque da meia-noite enquanto, no Oriente, três pastores seguem uma estrela. Os que tinham ouvido numa vida anterior, murmuraram "Feliz Natal". Alguns olhos marejaram. Dei uma pequena cotovelada em Momo.

– Ei. Feliz Natal, meu velho.

Ele balançou vivamente a cabeça, várias vezes, enfiou os lábios entre as orelhas de Asinus para falar, sem palavras, de tâmaras recheadas com pasta de amêndoa, massas fritas gordurosas, rosquinhas de anis e flor de laranjeira, as delícias perfumadas dos Natais de antigamente.

Sénac bateu palmas para pedir silêncio.

– O salvador nasceu, aleluia, aleluia!
– Aleluia! – gritaram alguns puxa-sacos.
– Essa época de alegria e recolhimento, de humildade diante do milagre maior, também é uma época de perdão. O maior pecador dos pecadores, aquele que vocês expulsaram de suas memórias, me confessou esta manhã seu arrependimento. Ele me suplicou, de joelhos, que eu o deixasse juntar-se à Igreja. Que pai recusaria?

Um murmúrio de excitação percorreu o pátio.

– Satã curvou-se diante do poder do Cristo. Chegou o momento de resgatar a ovelha perdida do olvido!

Fuinha empalideceu. Alguns garotos bateram os pés, um pequeno começou a chorar, histérico.

– O que está acontecendo?

Fuinha ignorou minha pergunta, lívido.

– Sigam-me, Confins!

Sénac tinha as bochechas vermelhas de frio, uma expressão satisfeita que eu jamais vira. Seguido por uma confusão de órfãos e por Girino, que cambaleava, dirigiu-se ao dormitório. Passou por ele, tirou uma pesada chave do bolso e destrancou a porta de metal por onde desaparecera na noite em que descobri a Vigia. O pequeno histérico começou a chorar mais ainda ao ver as escadas que mergulhavam na escuridão e ficou parado, recusando-se a avançar. A alegre horda o contornou sem prestar atenção nele ou na poça que se formava a seus pés.

Você pensa que sabe tudo e não sabe nada. Você pensa que sabe tudo de Confins, da loucura dos homens, mas eu, o pouco que sei, aprendi no Natal de 1969, quando descemos a escada de pedra que levava ao subsolo. Era um subsolo diferente do espaço da caldeira, de pedra amarela – o antigo priorado devia ter sido construído sobre fundações preexistentes. Um corredor de pedra de alvenaria, com arcos laterais fechados por grades, conduzia a uma porta metálica. O corredor estava limpo, concretado, iluminado a intervalos regulares por lâmpadas que pendiam de um cabo preto. Esperávamos encontrar um cheiro de umidade, de catacumba antiga, mas pairava no ar um perfume de incenso, como se a fumaça das missas dominicais tivesse caído, pesada de súplicas, e penetrado no chão em vez de subir. Talvez fosse por isso que Deus não respondesse.

– Onde estamos? – perguntei a Sobix.

– No Olvido.

Dessa vez, ouvi: a maiúscula no início da palavra. *O momento de resgatar a ovelha perdida do Olvido!* Os internos se posicionaram em filas de um lado e de outro da porta ao fim do corredor. Sénac esperou alguns segundos e a abriu com uma segunda chave.

Nada aconteceu.

– Não tenha medo – disse o abade. – Venha.

Um homem saiu, piscando os olhos. A cabeça raspada, ainda marcada com as idas e vindas de uma máquina vingadora, o rosto fechado por uma barba.

– Você tem algo a nos dizer, acredito.

Ele se aproximou da luz. O que pensei ser uma barba era a sombra de suas bochechas encovadas. Não era um homem. Também não era um adolescente, não com aqueles olhos. E como ele não tinha sido uma criança, porque nenhum dos moradores de Confins jamais fora uma, pensei estar contemplando uma forma de vida extraterrestre. Só o reconheci por causa da camiseta vermelha. A mesma da única foto que eu vira dele, ainda que o vermelho só se adivinhasse em manchas magmáticas sob a camada de sujeira que escurecia o tecido.

— Vamos, repita a seus colegas o que me disse hoje de manhã.

— Perdão — murmurou o extraterrestre.

— Mais alto — ordenou o abade.

— PERDÃO!

Ele gritara. De entrega, não de afronta, um grito de recém-nascido. Sénac estava radiante.

— Bem-vindo entre nós, Danny. Sua família o recebe de braços abertos, na mais sagrada de todas as horas. Em honra a Danny, recitemos o credo.

Creio em Deus Pai Todo-Poderoso, Criador do céu e da terra...

Sonhei que o lugar era mole. Que as paredes eram moles, que as escadas eram moles, que quando nos chocávamos contra as primeiras ou descíamos as segundas, empurrados, atirados, cansados, cambaleantes, encontrávamos um abraço quente, um toque macio, que nos consolava e nos endireitava. Eu gostaria de ter dito aos construtores de Saint-Michel-de-Geu para construir tudo mole.

Mas Joe, você objetaria, seja razoável. Um priorado mole desabaria. Não aguentaria. Haveria, em seu lugar, uma floresta tranquila de raízes centenárias.

Exatamente.

Sénac não inventara o Olvido. Ele o herdara de seu predecessor, o padre Puig. O antigo porão fora transformado, depois da guerra, em "local de oração", destinado a fazer os recalcitrantes entenderem que, qualquer que fosse sua situação, ela sempre poderia piorar. O Olvido recebia internos sem distinção de idade. Muitas das lágrimas que molhavam seu concreto eram de água pura e não caíam de muito alto. Ficava-se ali geralmente por um dia ou dois, numa escuridão matizada pela luz que vazava por baixo da porta. Uma semana no máximo, para os mais insubordinados.

Danny passara 238 dias lá dentro.

Ele fora encontrado, com o tornozelo torcido, na parte de baixo do paredão que tentara escalar para fugir. Ao entrar no Olvido, no final de abril, Danny jurara que nunca pediria desculpas. Sénac jurara que ele só sairia quando se desculpasse. *Duzentos e trinta e oito dias.* Vivi em Confins todo aquele tempo sem desconfiar que um coração batia sob meus pés. Enquanto eu pulava numa cama da casa de Henri Fournier gritando *"Pleased to meet you, hope you guess my name!"*, Danny já estava no Olvido. Ele já estava no Olvido quando o Caravelle caiu, quando Michael Collins deixou Armstrong e Aldrin na lua. Quando conheci Rose, captei o ritmo e o perdi na mesma hora. Mas o mais espantoso não era isso.

O mais espantoso era que meus amigos não tinham mentido. Danny estava morto.

Seu corpo se mexia, é verdade. Estímulos, reações, ele funcionava como um piano mecânico. O Danny do mito, aquele mito que os membros da Vigia forjavam dia após dia, que eles me transmitiam na esperança de que eu o embelezasse e passasse adiante, esse Danny se fora alguns meses antes, espancado num vestido florido. Por menos instruídos que fossem meus amigos, tão desconhecedores de tudo, eles tinham entendido, com uma perspicácia inaudita, que Danny se extinguira naquela noite de primavera. Eles praticamente o tinham visto levantar-se, deixar seu corpo e abandonar aquela carcaça incômoda no chão frio de Confins. Danny não existia mais, eles sabiam disso há muito tempo. E o resto do orfanato teve a prova disso na semana de seu retorno, quando ele se aproximou de um grupo de três grandes que enceravam os sapatos de um pequeno com uma saraivada de cuspe. Os agressores se imobilizaram ao vê-lo – antigamente, ele os teria agredido. Danny passou por eles sem prestar atenção ao pequeno mártir.

Os membros da Vigia estavam lúgubres. O antigo líder não viera à primeira reunião depois de sua libertação. Combatemos os mísseis russos sem entusiasmo, consultamos nossa enciclopédia de uma página com um pouco mais de entusiasmo para tentar entender para que servia o maldito clitóris. E quando Danny apareceu por último no telhado, no domingo seguinte, todos se surpreenderam. Logo entendi que os outros não o perdoavam, porque ele jurara que nunca se desculparia. Porque ele tivera tempo de murmurar, antes de entrar na cela, "nunca mais nos veremos", e ele nunca mentia. Ele se tornara Elvis Presley obeso, Schumann em seu asilo, Schubert tremendo de sífilis, Beethoven dirigindo suas próprias sinfonias no contratempo sem ouvir a orquestra. Haydn gagá, Sibelius podre de bêbado, Chet Baker desdentado. Aquele que não queremos ver, que queremos apagar da memória, para lembrar apenas dos bons tempos.

Naqueles primeiros dias de 1970, Danny pronunciou suas primeiras palavras desde que saíra do subsolo. Ele se sentou contra a mureta do terraço, sobre um montinho de neve, sem se preocupar em tirá-lo. Nós estávamos no centro, constrangidos, em torno do rádio. O velho Telefunken penava para extrair nosso programa preferido de uma tempestade magnética.

– Quem são esses panacas?

Sua voz era banal. Nem grave nem aguda, uma voz mediana, apenas um pouco rouca. Ela não tinha nada de extraordinário, exceto o fato de existir depois de um silêncio de 238 dias.

– Ficaram surdos? Quem são esses panacas? – repetiu Danny.

– Dois novos membros da Vigia – explicou Fuinha. – Este é Joe, aquele é Momo.

– Acho difícil. Eu não votei. Toda admissão precisa ser por unanimidade. Voto contra.

– Sim, eu também voto contra – acrescentou Sinatra.

– Não pedimos sua opinião – cortou-o Danny secamente.

Edison deu uma risadinha, Sinatra corou e mostrou o dedo do meio a Danny quando ele não estava olhando.

Fuinha mantinha a calma, o norte, como só é capaz de fazer alguém que, aos 5 anos, passou do sexto andar ao térreo em menos de dois segundos.
— Você não podia votar. Não pensamos que voltaria. Eles foram admitidos, ponto final.
Danny se rendeu, dando de ombros. Os outros o odiaram duas vezes mais.

Num dia de granizo, eu estava subindo as escadas de mármore para ir ao gabinete do abade e Danny começou a descê-las. Ele ainda participava das reuniões da Vigia sem abrir a boca, e o único sinal de vida de seu corpo imóvel, dobrado sobre si mesmo na escuridão de janeiro, era o vapor azul que se formava diante de seus lábios. Ele não dizia nada, vigiando nossas brincadeiras com o ar zombeteiro de quem deixou de acreditar mas daria tudo para continuar acreditando.
Ele esticou a perna na hora em que passamos um pelo outro. Dei de cara nos degraus. Perdi o fôlego, senti sangue e pedra na garganta. Danny seguiu seu caminho como se nada tivesse acontecido. Houve também a vez da cadeira que ele puxou quando fui me sentar. O compasso com que ele furou meu dedo. Parei de ir às reuniões da Vigia. Momo, é claro, me imitou. Fuinha, Edison e Sobix nos suplicaram para voltar, Sinatra não estava nem aí. E a Vigia retomou sua vida sem nós, como antes, com seu herói reincorporado. A hostilidade de Danny para comigo continuou, maldosa, inesperada. O monstro saído do solo dilapidava, dia após dia, o pouco de alegria que eu tinha filtrado, lavado, poupado, no rio de lama que me carregara numa noite de maio.

No dia primeiro de fevereiro, uma neve de contos de fadas caiu sobre Confins. Tudo ficou branco, uma maquiagem de noite de baile. A neve desacelerava nossos movimentos, nossos corações, nossos ódios. Menos aquele que Rose e eu sentíamos um pelo outro, aquele ódio que nos unia todos os sábados, radiativo, nuclear, aquele núcleo resplandecente contra o qual o frio não podia nada. Ele me manteve aquecido o inverno inteiro.

Uma manhã, Girino foi buscar Sinatra no meio da aula. Nosso amigo voltou uma hora depois, exibindo com orgulho uma marca vermelha na parte interna do braço. Um médico americano, acompanhado de uma enfermeira tão bonita que ele ainda tinha os olhos brilhando, tinha vindo tirar seu sangue. Disseram-lhe para ser paciente, os resultados podiam demorar, aparentemente Frank levava o assunto muito a sério. Não devia haver engano.

Na Festa da Candelária – se bem me lembro, era dia de panquecas, mas não ganhamos nenhuma –, saí para o pátio depois de terminar o correio do abade. Um peso caiu sobre mim e me derrubou na neve. Uma chuva de socos em meus ombros, em minha barriga, distingui o rosto de Danny à luz do alpendre, seus olhos gelados, seus olhos indiferentes. Sua violência de repente me entrou nas veias, a violência de gerações de órfãos machucados, feridos, arranhados, acostumados com sangue e cascalho. Parei de tentar evitar seus punhos e fechei minhas mãos sobre seu pescoço. A manobra o surpreendeu, ele tentou recuar, tropeçou. Eu estava atracado a seu pescoço. Sua cabeça bateu num degrau. Continuei apertando, sem a menor emoção.

Tudo seca numa prisão, o coração, a alma, tudo seca menos a força, que, ao contrário, aumenta. Danny era resistente. Ele poderia ter lutado. Mas soltou os punhos e me deixou apertar, com a boca aberta tentando puxar o ar que não entrava. Seus olhos estavam calmos, quase alegres. Tão doces que o soltei de repente. Danny olhava fixamente para o céu, os lábios arreganhados. Então deu um pulo, engolindo um grande pedaço da noite. Voltara a respirar.

Levantei-me primeiro e prometi:

– Um dia vou matar você.

Danny se virou para mim, com flocos de neve como pérolas sobre seus longos cílios.

– Obrigado.

Tudo começou na Inglaterra, em 2003. Em Sheffield, mais exatamente, e mais exatamente ainda na Sharrow Vale Road. Num dia de junho – a data exata foi esquecida, mas gosto de pensar que foi em junho –, um morador abandonou na calçada um piano que não conseguira fazer passar pela escada de seu novo apartamento. Ele o cobriu com uma lona e colou nele uma mensagem, convidando os passantes a tocar. Nasciam os pianos públicos. A ideia que temos de um piano público, em todo caso: um instrumento num local de passagem, que pertence a todos sem pertencer a ninguém.

Mas um piano não precisa estar na rua, num aeroporto, numa estação, um piano não precisa estar *fora* para ser público. Uma porta aberta basta. A prova: foi pela porta aberta de uma loja de instrumentos musicais de Nova York, no número 211 da 58th Street, lado oeste, que um homem me ouviu tocar, em setembro de 1981. Fazia um calor infernal. Um verão como somente a América sabe produzir, uma tarde de sombras rosadas, um tanto brincalhonas, que fugiam quando não estávamos olhando. O homem entrou sem tirar o chapéu, um *trilby* de lã. Era alto, estava acompanhado de uma mulher sublime, genial, doida, que mais tarde eu descobriria ter 120 gatos e se chamar Pannonica – ainda não sei qual desses dois fatos mais me espanta. Ele se aproximou do piano que eu testava a pedido de um amigo. Nossa conversa foi breve, ao menos foi o que me pareceu, mas mais tarde me disseram que ele fora loquaz. O homem pousou uma mão sobre meu ombro. Falava com um leve assobio.

– *Your old man taught you to play?*

Se meu pai me ensinou a tocar? *Oh, no*, respondi-lhe, sou órfão, *I'm an orphan*.

– *You play like that, you ain't an orphan no more.*

Se toca assim, deixou de ser órfão. Ele saiu, a mulher sorriu para mim e o seguiu.

Thelonious Monk morreu alguns meses depois. Reconheci-o nos jornais. Um gênio do *jazz*, que foi chamado de louco. Pelo público, por seus colegas. Louco porque capaz de sair do palco no meio de uma música, de dormir sobre o teclado. Louco por seu fraseado, seus acordes de duas notas que não eram mais acordes, seus chapéus estranhos, seus olhares no vazio e suas longas ausências. Louco porque no dia de sua morte, ele, o gênio, o virtuose, não tocava num piano havia seis anos. Muitos pensaram que ele se afastara do instrumento.

Hoje sei que ele nunca deixou de tocar, que simplesmente não precisava mais de um teclado.

TALVEZ TENHA SIDO minha briga com Danny, o medo que senti ao constatar que poderia matar um homem – ainda que o homem em questão quisesse morrer –, que fez tudo mudar. Depois de 24 sábados, 24 horas perdidas esperando ser chamado por Rose, um dia inteiro de minha breve vida perdida num banco, num corredor escuro diante de flores mortas há duzentos anos, não aguentei mais. No dia 7 de fevereiro de 1970, dirigi-me ao salão sem esperar, pensando lá encontrar Rose mergulhada na leitura de um livro enquanto a hora passava.

A peça estava vazia. O murmúrio dos lambris, a sombra rangente, tudo me dizia que eu estava onde não devia estar. Dei meia-volta com pressa, entrei no corredor errado. Dobrei, me perdi. O hálito da casa era mais forte, um arquejo apenas audível, *ahan, ahan*, de fera adormecida. Uma voz me fez sobressaltar, ecoada cem vezes no labirinto. *Ahan, ahan*. Segui o som até uma porta entreaberta. O sopro vinha de lá.

Era um quarto, pelo pouco que eu adivinhava atrás da porta. Um buquê de flores silvestres de verdade tentava alegrar o ambiente, sem conseguir dissipar a tristeza mortal que as paredes exalavam, a lembrança das viúvas que tinham vivido ali. O homem cinza que eu vira no corredor, alguns meses antes, se mantinha perto de uma criatura mitológica metade mulher, metade elefante: Rose, vestida com um velho par de calças, usando na parte de cima apenas um sutiã, que não sustentava grande coisa. Com uma máscara no rosto, ela estava ligada por uma tromba ao estranho aparelho, um fole numa moldura de metal que subia e descia enquanto o homem, com o estetoscópio nos ouvidos, fazia medições auscultando-a de tempos em tempos.

Rose, com a testa brilhando de suor, exangue, penava para acionar o fole com a simples força de sua respiração. Fiquei surpreso ao me ver retendo o ar e soltando-o junto com ela. Ela não me fazia esperar por nada. Estava doente. E entre doentes, devíamos nos ajudar.

Eu vira um equipamento daquele, um dia, na casa de nosso médico de família. *Tuberculose*. Meu ódio se esfacelou na mesma hora, tentei segurá-lo com todas as minhas forças, com todos os meus dedos, mas era tarde demais. Ele desabava como o quarto de Fuinha numa noite de Natal, enormes placas caíam e se desintegravam numa poeira tóxica, os canos entortavam, a água brotava carregando tudo ao passar, e o resto desabou num suspiro de agonia. Fiz o que qualquer homem sensato faria: saí correndo.

A governanta me encontrou sentado no alpendre, enregelado no casaco de lã que recebíamos no inverno. Ela estava zangada – "procurei-o por toda parte" – e me precedeu com seus passinhos indignados até o salão. Rose, sentada ao piano, usava um vestido de seda crua, com quatro botões pretos dispostos em quadrado, dois nos ombros, dois abaixo do peito. Marc Bohan de novo. Creio poder dizer que, como Monk, Bohan tinha encontrado o ritmo. Um ritmo de agulhas e tecidos, talvez, mas ainda assim um ritmo.

– Você está atrasado – ela observou. – Tenho mais o que fazer.

– Claro que não, você só tem isso para fazer.

Durante os trinta minutos que passei no frio, consegui reconstruir meu ódio, ou melhor, uma muralha de confinamento, um arremate apressado que duraria pelo tempo da aula. De volta ao orfanato, eu teria uma semana para consolidar o edifício, fazer as obras necessárias. O ódio de Rose, por sua vez, estava intacto. Um ódio abastado, de mármore puro, e não qualquer mármore: italiano, dos Bórgia, dos Médici. Mas algo na química do ar, no equilíbrio sutil que regia a colisão permanente de nossas raivas, mudou naquele 7 de fevereiro.

Rose se levantou e parou a um metro de mim, imperial.

– Você não tem o direito de falar assim comigo.

– Eu falo como...

Ela me esbofeteou com graça. Tentou voltar ao piano, agarrei-a pelo braço. Rose se soltou com um gesto brusco.

– Não me toque!

– Senão o quê?

– Senão grito que estou sendo abusada.

– Quem abusaria de uma tuberculosa?

Em 1908, na Sibéria, uma onda de choque de origem misteriosa vitrificou a terra, derrubou sessenta milhões de árvores, soprou tudo o que podia ser soprado num raio de cem quilômetros. Ela enviou um vórtice de poeira e cinzas até a Espanha. Não encontraram o menor vestígio do impacto, nenhum fragmento no chão. As explicações científicas mais recentes atribuem o fenômeno à explosão de um meteoro a menos de dez quilômetros da Terra. Sei que não é verdade.

Sei que um homem, nas margens do Tunguska, ofendeu uma mulher.

– Quem disse isso? – ela perguntou, numa voz quase inaudível.

– Eu... eu vi. Sem querer! Estava procurando o salão, me perdi e...

– Cale a boca.

Ela ia chamar seu pai. Me colocar na rua. O conde contaria tudo a Girino, que talvez se espantasse de me saber tão maldoso, tão perverso, e me daria um tapinha de parabéns nas costas antes de me entregar ao abade.

Rose voltou a se sentar ao piano.

– Ainda bem que não postei sua carta, no fim das contas.

– Você não postou nossa carta?

– Não.

– Mas por quê?

– Eu a li.

– *O quê?*

– Pensei que não seria nada bom para os negócios de papai, que tanto deu a vocês, se houvesse um escândalo – explicou. – Pronto. Estamos quites. Vamos tocar.

Juntei-me a ela, atordoado, furioso – restava saber contra quem. Ela abriu a partitura. A "Sonata nº 1" de Beethoven, uma obra de juventude em que Ludwig avançava mascarado, disfarçado de Mozart. Mas a máscara se desfazia sob seu corpo potente, vigoroso, que ainda ignorava tudo dos tormentos futuros, do gênio e da surdez – e não é certo que o segundo tenha sido o pior. Li à primeira vista, mecanicamente. Depois de alguns compassos, Rose fechou a tampa. Não tive tempo de tirar meus dedos.

– Não sou tuberculosa. Eu *tive* tuberculose. Há quase um ano. Os antibióticos funcionaram, estou curada. Mas ainda

tenho a respiração curta, os médicos não sabem por quê. Eles dizem que preciso de ar puro, por isso estamos aqui. Preciso fazer exercícios respiratórios para recuperar minha capacidade pulmonar. Pronto, está contente?
— Eu não quis...
— Sim, você quis. Saber, ou me prejudicar. Dá na mesma.
— Não precisava me esconder que tem... que esteve doente.
— Não escondi nada. Estava aqui, na sua frente. Você não ouve minha respiração?
Ela foi se deitar no sofá, onde costumava ler.
— O que é a Vigia? A que você menciona na carta?
— Uma sociedade secreta.
Ela começou a rir, com uma excitação que eu não conhecia.
— Não é mais secreta, então, porque acabou de me contar. E para que serve essa sociedade secreta?
— Para nada.
— Por que ela existe, então?
— Para isso. Para poder fazer algo que não serve para nada.
Ela balançou a cabeça, revirou o livro sem abri-lo.
— Sinto muito. Vou postar sua carta, prometo.
— Não faz mal. Ela não vai mudar nada, de todo modo.
— Vou postar mesmo assim.
Depois ela me mostrou seu livro. *A vida das grandes santas*.
— Finjo ler isso aqui, para meus pais. É um tédio... Você conhece alguma história?
— Histórias tristes. Fizemos um concurso.
— Conte.
— Não devíamos estar tocando piano?
— Se alguém perguntar, diremos que você me deu uma aula de solfejo.
Rose bateu no lugar vazio, a seu lado, no sofá.

— Conte, estou dizendo. Melhor não me entediar.
Falei de Sinatra, Fuinha, Edison, Sobix, de como a luz tinha mil maneiras de se apagar. Falei de Danny, porque eram as únicas histórias que me restavam. As outras tinham queimado num bafo de querosene. Rose me ouvia, deitada no espaldar, com um dedo fino na aresta do nariz, o ar sério.
— Nada mal — disse, por fim. — Eu também conheço uma história triste. Mais triste que todas as suas juntas. Ela começa assim: "Era uma vez um jovem toureiro". Quer ouvi-la?
E eu, idiota que era, respondi que sim.

Era uma vez um jovem toureiro. Ele vivia em Sevilha, no início da guerra civil. Todos concordavam em dizer que ele era talentoso, que matava como ninguém, com exceção da própria Morte. Mas a guerra reduzia o número de touradas, e o toureiro passava todo o seu tempo procurando o touro mais perigoso, mais feroz, o animal que consolidaria sua fama num único combate.

O toureiro tinha uma mulher de grande beleza e de grande doçura. Ele a amava mais que tudo no mundo, menos talvez que a *muleta*, o pano vermelho que agitava na frente dos touros. "Você não precisa da arena", ela lhe dizia. "Você não precisa da roupa. Você não precisa de nada, pois tem a mim e eu a você." O toureiro respondia: "Quero cobri-la de joias, vesti-la de luz, serei como aquele menino, Manolete, de que lhe falei em Madrid. Tomarei um banho de areia, tomarei um banho de sangue, voltarei famoso, e você também será".

A guerra continuou, a jovem ficou gravemente doente — tuberculose. O toureiro tinha pouco dinheiro, passava os dias percorrendo a região em busca de um adversário à sua altura. Mas ele tinha amigos, que reuniram uma quantia suficiente para enviar sua esposa a uma região montanhosa. O toureiro ficou em Sevilha. Dois meses se passaram, as notícias de sua esposa eram raras, a guerra interrompia a circulação nas estradas. Um dia, ele recebeu uma mensagem dos arredores de Granada. Um criador de gado ouvira falar do toureiro e pensava ter o animal que ele procurava.

O toureiro pegou a estrada. Quando chegou, um espetáculo o aguardava. Um novilho girava num cercado. Totalmente branco. Assim que o toureiro se aproximou, maravilhado, o animal de cor tão rara disparou, cabeça baixa, na direção da barreira que os separava e destruiu metade dela. O toureiro encontrara seu adversário.

Ele voltou para casa, colocou-a à venda para financiar a compra do animal, que ele queria enfrentar na idade adulta. Pouco depois, uma carta chegou, um pouco rasgada. Ela tinha duas semanas, sua esposa morrera longe, nas montanhas. O toureiro a chorou longamente e se culpou amargamente por sua vaidade, que o afastara da mulher que ele amava mais que tudo no mundo, com exceção, talvez, da *muleta*. Seus amigos o consolaram, o incentivaram a pensar no futuro, a se preparar para o combate de sua vida. Então o toureiro esperou quatro longos anos. Ele se casou de novo, com uma moça da aldeia que conhecera no passado. O novilho cresceu, se tornou um touro. Sevilha inteira se reuniu para ver o touro branco na arena – até então, fora mantido longe dela. Assim que saiu do touril, assim que viu seu *matador*, o animal disparou em sua direção. O toureiro fez alguns movimentos, avaliando o estranho adversário que se detinha, confuso, a cada vez que ele o evitava. No segundo *tercio*, o *matador* enfiou três pares de lanças no dorso do animal. E o lindo animal branco, já sujo de poeira, se cobriu de vermelho. O touro voltava, se forçava a voltar, cada vez mais próximo, complicando o trabalho dos *banderilleros*. O toureiro não tinha trabalhado quatro anos em vão. E quando o animal exausto avançou, cabeça baixa, ao fim da *faena*, o *matador* deixou que ele tocasse seu peito, sob os vivas da multidão. Depois, deu a estocada final. O touro branco caiu de joelhos e, pela última vez, empurrou com seu focinho as panturrilhas do vencedor, recusando a derrota. A multidão em delírio carregou o toureiro pela cidade. O combate, lendário, garantiu sua riqueza e sua reputação. Ele trabalhou bastante e se aposentou invicto aos 70 anos de idade, cercado pela mulher, pelos filhos e pelos netos. E quando olhava para sua vida, seu único lamento era não ter ficado perto da mulher que amara mais que tudo no mundo – talvez mais que a *muleta*, ele começava a pensar –, quando ela morrera numa montanha distante.

Ele tinha 80 anos, sentia seus dias contados, quando recebeu uma carta. Era uma carta do passado, dura, amarela, com um selo de 1940, encontrada atrás de um móvel de triagem durante a reforma de uma sede do correio de Madri. Uma carta escrita por sua mulher do sanatório na Suíça, dizendo o seguinte:

Não me restam muitas forças, agora sei que vou partir. Não fique triste. Ontem à noite tive um sonho. Você sabe que minha avó era um pouco bruxa e que acredito nessas coisas. Nesse sonho, minha avó, justamente, me dizia que eu não iria morrer, não de verdade, mas que eu viveria sob outra forma: na forma de um touro, um touro diferente dos outros, todo branco. Então, se por acaso nossos caminhos voltarem a se cruzar um dia, não se surpreenda de ver correndo em sua direção, meu amor, um grande touro branco.

– Então? – perguntou Rose.
Então eu a beijei.

— Você usou a língua?
Assim que voltei, meus amigos adivinharam. Por minhas bochechas vermelhas e meu olhar evasivo, eles souberam que alguma coisa havia acontecido. Confessei tudo. Contei como deitara Rose em meus braços, à la Rhett Butler, e lhe roubara um longo beijo. E como a pousara no sofá, porque ela não conseguia mais caminhar, com a respiração curta, entrecortada, roubada por meus ardores. Ela mal tivera forças de murmurar "de novo". A língua não era da conta deles. De todo modo, em Confins a verdade não interessava a ninguém.

Ainda bem. Na verdade, o que aconteceu foi o seguinte.
– Então? – perguntou Rose.
Então eu a beijei.
Ela me repeliu bruscamente e me esbofeteou pela segunda vez.
– Ficou maluco? Quem você pensa que é?
Depois ela me beijou, por sua vez, com todas as forças. Foi nesse momento que entendi que as mulheres eram complicadas. Teresa von Brunsvik, Giulietta Guicciardi, Anna

Margarete von Browne, Antonie Brentano – não espanta que Beethoven, que também não era simples, tenha dedicado a elas suas obras.

– Você me acha bonita, Joseph?
– Há, sim.
– "Há, sim." Virou o quê, um homem das cavernas? Nunca aprendeu a falar com uma mulher?
– Sim, acho você bonita.
– Bonita como?
– Como dó menor.

Dó menor, a tonalidade preferida de Beethoven. Um tom em que a beleza rondava sob a tempestade. Uma não existia sem a outra. Rose me encarou em silêncio, confusa.

– É o que meu professor de música diz à esposa. Que ela é bonita como dó menor.
– E ela é? Bonita?

Pensei em Mina, de roupas folgadas demais, os braços enfiados até os cotovelos numa bacia cheia de água da louça ou no traseiro de um ganso recém-depenado, naquela rainha desbotada pela vida, pelo vento, pela luz. Não, ela não era bonita, não como Rose gostaria.

– Ela é magnífica.

Rose se aninhou em meus braços. Eu tinha acabado de aprender a falar com uma mulher.

Inverno de 1970. Cinco sábados. Cinco suspiros em nossas cacofonias. Assim que a governanta saía, Rose e eu nos aproximávamos no banco do piano, um pouco nervosos, e fingíamos tocar. Nossas mãos se tocavam sobre o teclado, corriam como aranhas assustadas, ela na direção dos agudos, eu na dos graves, e nos encontrávamos no meio.

À noite, em Confins, eu compartilhava tudo com os outros. Eu mentia a torto e a direito, como um *latin lover*, herói vertiginoso, eu mentia sem mentir porque, no fundo, nossas hesitações e nossa falta de jeito não importavam muito, o resto era verdade. Meus amigos não precisavam saber que *ela* é que usara a língua primeiro, que eu tivera um sobressalto como um imbecil. Eles não precisavam saber que, quando eu colocara a mão sobre seu seio direito, ela me esbofeteara mais uma vez e depois pegara minha mão para colocá-la no mesmo lugar. Meus camaradas me ouviam, aplaudiam meus feitos. Sozinho, Danny dava risadinhas em seu canto, sem dizer nada. Exceto uma vez, para perguntar o que Rose estava vestindo. Os outros o encararam estranhamente, e nunca mais ouvimos sua voz.

Por causa de Sobix, estive a dois dedos de estragar tudo. Ele quis saber se eu me casaria com Rose e ri na cara dele. Mas em minha próxima visita à mansão, depois de um beijo particularmente exitoso, sussurrei:

— Você acha que vamos nos casar um dia?

— Claro que não. Não seja tão burguês.

— Eu, *burguês*? Durmo com quarenta garotos que roncam.

— A burguesia está dentro da sua cabeça.

Mortalmente envergonhado, dei de ombros com ar displicente.

— Tem razão. De todo modo, mal nos conhecemos.

— É o contrário, Joseph. Sabemos tudo um do outro desde o primeiro encontro, mas esquecemos. Passamos nosso tempo redescobrindo-o.

Ela falava como Rothenberg. Eu não sabia se devia rir ou chorar.

— Mas eu nunca me casarei. Nem com você nem com ninguém. Nada pessoal.

– Por quê?
– É assim e pronto. Prefere falar ou beijar?
Nos beijamos. Muito, cuidando para tocar alguns acordes distraídos de tempos em tempos. Meu bom humor contagiava o orfanato. Garotos sorriam, sem mais nem menos, sem razão, infectados pela alegria invisível que pairava no ar. Até Girino começou a assobiar enquanto patrulhava as duchas, com olhares insistentes aqui e ali, e alguns comentários sarcásticos ou admirados sobre a maneira como a natureza nos dotara, brindando-nos com expressões de baixo calão sobre os pederastas.

Numa noite de março, Sénac anunciou durante o jantar uma grande surpresa para o fim da semana. A surpresa foi a entrega de um painel tinindo de novo sobre o qual estava escrito: *Direção Departamental de Assuntos Sanitários e Sociais – Os Confins*. Ele substituiria a flecha de madeira corroída que estava pregada a uma estaca e apontava para baixo, dizendo apenas: *Orfanato*. Cogitou-se a vinda de um deputado para a colocação do painel, mas o deputado não estava disponível. Pensou-se no governador, depois no superintendente, depois no prefeito. Ninguém apareceu, e Girino acabou instalando o painel sozinho. Ou seja, supervisionou, enquanto fumava, o trabalho dos quatro órfãos, entre os quais Edison e Sobix, escolhidos para cavar dois buracos, desperdiçar duzentos quilos de cimento que Girino achou granuloso demais, refazer mais duzentos quilos que ele aprovou praguejando, e cimentar tudo. Sénac reuniu o orfanato, agitou um aspersório de água benta e contemplou o painel por um bom tempo, os olhos marejados de emoção.

Eu não estava nem aí para essas coisas. Todos os sábados, eu beijava Rose. Quando não nos beijávamos, ela me fazia falar. Queria saber tudo de mim, o que eu vira, sentira, interrogava-me sem parar sobre o acidente de avião de meus pais, como se me invejasse. Eu me recusava a responder. No sábado seguinte, ela recomeçava. Eu lhe devia fogo, ouro, mistérios alquímicos. Ela era exigente. Mas pagava bem, batendo os cílios.

Eu beijava Rose, nós dizíamos "Tudo vai ficar bem" e, nesse futuro *vai ficar* cabia o único devir de que ousávamos falar.

ROTHENBERG VIU O PIANO assim que saiu da sala, como uma águia avistando um rato. Uma águia míope e lacrimejante, talvez, mas ainda uma águia. O instrumento estava separado do salão principal por um cordão de veludo, estava prestes a ser instalado, ou retirado. Um cartaz intimava o curioso a não o tocar.

Intervalo. Meu professor me levara à Sala Pleyel para ouvir um jovem prodígio cujo nome esqueci. O pianista massacrara sua sonata preferida, a nº 29, "Hammerklavier". Mina nos acompanhava, com um casaco de pele sintética. Enquanto ela buscava uma cerveja, Rothenberg me puxou pela manga, passou pelo cordão de segurança e se sentou ao piano. Ignorou o cartaz.

— Acho que não podemos fazer isso, sr. Rothenberg...
— E por acaso o sujeito que acabamos de ouvir pode? Ele tocou como um boxeador. Mas não como um Muhammad Ali. Como um *mau* boxeador. Um elefante. Você ouviu os primeiros acordes? Ele tocou assim.

Ele martelou o piano, o que fez metade dos clientes do bar se sobressaltar, e se virou para mim.

— Mas, sr. Rothenberg...
— Sim, sr. Marty?
— A sonata se chama "Hammerklavier".
— E?
— *Hammer* significa "martelo". Não é para tocar assim? Rothenberg bateu na própria testa.
— *Oy vey. Hammerklavier* significa "teclado com martelo", ou seja, *pianoforte,* em italiano. É um convite a tocar um instrumento de cordas percutidas e não pinçadas. *Não toquem minha música num cravo,* Ludwig quis dizer, *mas num piano.* Não é um convite a martelar o instrumento! Veja o adágio, ele dá vontade de martelar alguém? Você ouve martelos, por acaso?

Ele tocou e o silêncio caiu sobre mim, o silêncio caiu sobre o bar, sobre a Rue du Faubourg Saint-Honoré, sobre a cidade inteira. E provavelmente todos silenciariam em Alpha Centauri, se tivessem uma boca. Ele tocou o adágio inteiro, esquecido da Sala Pleyel, com uma doçura sincopada. E fez o que raramente fazia, falou comigo enquanto tocava.

— Você quer tocar assim um dia, meu pequeno Joe?
— Sim, sr. Rothenberg.
— Então você precisa ouvir, *bubele.* Ouvir a voz de seu povo.
— Não sou judeu, sr. Rothenberg.
Ele riu.
— Claro que você não é judeu. É burro demais para ser judeu. Mas é um ser humano, não? Ainda que às vezes eu me faça essa pergunta.

Todos os presentes estavam reunidos a nosso redor. Maquiagens escorriam. Homens que durante a semana assassinavam e crucificavam fingiam ter um cisco no olho.

— Aproxime-se, *bubele* — murmurou o velho leopardo. — Não estrague a música falando alto demais. Isso, assim. Não vou estar aqui para sempre, sabe.

— Ah, sr. Rothenberg...

— Cale-se. Quando eu não estiver mais aqui, se você não souber como tocar uma sonata, ouça Kempff. Ele é o maior. Até quando erra ele acerta.

— Não entendo, sr. Rothenberg.

— Porque você não ouve. Beethoven estava completamente surdo quando escreveu esta peça. Mas ele *ouvia*. O que estou tocando, e estou tocando um dos adágios mais lindos da história — olhe para a cara deles, se não acreditar em mim —, o que estou tocando, não busco dentro de mim. Por dentro sou velho e doente, por dentro estou vazio, outros homens se encarregaram disso, por dentro sou sujo. Para tocar assim, você precisa tomar gosto pelo que está fora. E nele encontrará o ritmo.

As últimas notas soaram até o fim. Um silêncio estrangulado. Alguém gritou *bravo*. Os aplausos cobriram a campainha que chamava o público de volta a seus lugares. De pé ao lado do marido, Mina resplandecia. Uma emoção que lembrava alegria suavizou o rosto de meu professor, mas não por muito tempo, apenas por um segundo. Os presentes pediram bis, ele os atendeu, depois novamente. O diretor da sala pediu que Rothenberg parasse, mas foi vaiado pelos presentes, que o atacaram e o tiraram da sala, descabelado e com a gravata borboleta toda torta.

Então o diretor fez o que se faz neste mundo quando se vê a beleza rondar numa noite um pouco escura. Chamou a polícia.

Logo vi, naquele sábado, duas semanas antes da Páscoa, que alguma coisa não estava bem. Rose me esperava ao piano, tensa, num vestido verde. Dior só caía bem, dizia minha mãe, com negligência, e eu lhe disse isso.
– Não é Dior – ela respondeu secamente. – É Balenciaga.
Ela parecia zangada, mas eu não fizera nada. Eu ainda não tinha a sabedoria dos homens maduros, que sabem que, em matéria de suscetibilidade, as mulheres são como a Igreja. Porque sempre pecamos, por-pensamento-por-palavra-por-ação-e-por-omissão, e porque é preciso saber pedir perdão mesmo quando não se fez nada, pois não adianta se opor a um decreto divino. Suas mãos fugiam das minhas no teclado. Quando eu me inclinava para ela, com os lábios juntos, ela recuava.
– Não deveríamos, Joseph.
– Hein?
– Aonde isso tudo vai levar? A lugar algum, e você sabe disso tão bem quanto eu.
– Sim. Entendo.

– Você entende? E não fica furioso? Estou dizendo que acabou e você *entende*?
– Uma garota como você, tão linda, com alguém como eu, tão... Eu entendo.
Ela ficou com pena de mim, com minha eterna cara de cachorrinho pidão, colocou uma mão em meu rosto.
– Desculpe. Pensei que brigaríamos. Que seria mais fácil. Meu pai ligou ontem. Voltaremos para Paris.
– Você não me acha feio, então?
– Claro que não. Acho você bonito, e mais ainda quando está tocando. Embora nunca mais tenha tocado como da primeira vez.
– Voltarei a tocar. Juro. Assim que tiver entendido o que fiz.
– Você ouviu o que eu disse? Volto para Paris na semana que vem. Acabou. Nunca mais nos veremos.
Pela primeira vez desde o dia 2 de maio de 1969, às 18h14, tudo me pareceu claro.
– Não acabou.
– Como assim?
– Onde você mora, em Paris?
– Na Rue de Passy, por quê?
– Vou fugir. Deixar Confins. Vou a seu encontro.
– Não seja ridículo. Você não vai fugir.
– É o que veremos.
Saí, quase correndo. Rose me alcançou no corredor, na frente do herbário de molduras escuras em constante esmaecimento.
– Você vai *mesmo* fugir?
– Sim.
– Vou com você, então.
Encarei-a, atônito, com seu vestido precioso e seu rosto de porcelana.

— Sei o que pensa, Joseph. Está enganado. Faz tempo que penso em partir. Acha que quero ser como minha mãe?
— Não sei, não a conheço...
— Não há nada a conhecer. Ela não existe. É uma boa esposa. Por que acha que meu pai passa semanas em Paris? Por causa de suas *amigas*. Por que acha que aprendo piano? Para me tornar uma também, um dia, uma boa esposa, que nunca incomode e saiba receber os clientes, os colegas, os financistas. O tipo de esposa que carrega um caderninho para anotar seus cardápios e não correr o risco de servir duas vezes o mesmo prato ao mesmo convidado. É por isso que me escondem aqui, à espera de minha cura total. Uma ex-tuberculosa é impensável no mercado das boas esposas. Acha que essa é a vida dos meus sonhos?
— Qual é o seu sonho?
Viajar. Ela queria ver palácios incas sob a chuva, comer cogumelos amargos e se transformar em águia, lobo, doninha, morder com vontade limões sob a geada da manhã siciliana e fazer uma careta, cuspindo tudo fora, encher os pulmões com o ar do mar, oferecer seu rosto pálido à boca dos vulcões. Ela ouvira dizer que quando alguns homens cantavam, duas vozes saíam de uma mesma boca. Ela queria se tornar diplomata, caso os vietnamitas que Girino explodia, metralhava e lança-chamava em suas canções tivessem algo a dizer. Ela considerava mais sensato o entendimento, a conciliação, *coce minhas costas, um pouco mais para a esquerda, que coço as suas*, para que todos ficassem satisfeitos quando não houvesse mais nada a coçar. Ela afirmava que todos os que agitavam uma bandeira e acreditavam ser ela única agitavam a mesma bandeira. Ela dizia tudo isso, e eu queria muito acreditar, ainda que nunca se tivesse visto uma mulher diplomata.

— Vou com você, Joseph. E só para deixar bem claro: não estou pedindo permissão.
— É arriscado demais.
— Faz tempo que penso nisso, eu já disse. Tenho um plano.

Fazia meses que, discretamente, ela vinha aprendendo a dirigir. Convencera o novo jardineiro a lhe ensinar, quando seus pais não estavam em casa. E eles quase nunca estavam — por causa das *amigas* de seu pai e das *boas obras* de sua mãe. O jardineiro se afeiçoara — ou talvez um pouco mais que isso — à "jovem senhorita que parecia se entediar", a menina de olhos sombreados. Rose era boa aluna, ainda tinha um pouco de dificuldade para passar a segunda sem arranhar o câmbio. O plano era simples: ela partiria por volta da meia-noite, quando sua mãe dormisse, entorpecida de Valium. Eu só precisaria fugir e ir a seu encontro. Ela me esperaria na grande curva que ficava a cerca de meia hora de caminhada de Confins. Ao amanhecer, estaríamos longe.

— Longe onde?
— Na Espanha.
— Seremos detidos na fronteira.

Rose começou a rir.

— A fronteira é para os imbecis. Minha mãe é da região, passamos todas as nossas férias aqui. Conheço uma estrada. Verifiquei tudo no mapa.
— O que faremos na Espanha?
— Trabalharemos, até sermos maiores de idade. Vou pegar dinheiro da carteira de mamãe ao sair, mas precisaremos ganhar a vida. Depois, irei para a universidade e voltarei diplomata. Você tocará piano. Primeiro em bares, até que

um dia um empresário o localize e você se torne uma celebridade mundial.
— Você fala espanhol?
— Nenhuma palavra. Aprenderemos. Uma diplomata precisa falar várias línguas, de todo modo.
— Nunca conseguiremos. Você está sonhando.
— Sim, Joseph. Estou sonhando. Tenho 16 anos.
— Seu plano é improvável.
— É improvável que um avião caia.

Pensei que me pediria desculpas. Mas Rose não pedia desculpas. Ela se virou para a parede, procurou um quadro nas trevas. Seus dedos encontraram uma flor deslumbrante, um turbilhão de marfim e ouro sobre uma corola de fogo.
— *Selenicereus*. Minha flor preferida. Somos como ela, você e eu. Florescemos na escuridão.

Ela tinha razão: eu devia ter prestado atenção em sua respiração. Uma respiração de órfão, vazia, um sopro penumbroso que, por falta de espaço para se expandir, consumia aquela a quem deveria dar vida. Ela era das nossas. Fugir eu, fugir ela, fugirmos nós. Falar de Rose e dizer *nós*.
— Poderíamos ir a Vegas, um dia... Eu talvez conheça alguém por lá.
— Se você quiser. Mas como pode *talvez* conhecer alguém?
— É complicado. Fugirei amanhã à noite, depois da reunião da Vigia. Preciso contar a eles.
— Não, amanhã à noite meu pai estará aqui. Segunda-feira. Uma última coisa...
— Sim?
— Nunca serei uma boa esposa. Não estou fugindo por você. Estou fugindo *com* você.

Ela me acompanhou até a porta, na escuridão, estremeci quando pegou minha mão. Uma chuva escura golpeava a terra, derrubava as folhas e os botões mais temerários, surgidos em grande efusão ao primeiro anúncio da primavera. Rose segurou meus dedos por mais um segundo.

— Veja, está chovendo. Você acha que é culpa sua, Joseph?

— Culpa minha? Não, que ridículo.

— Não é culpa sua que chova, então.

— Claro que não.

— Se não é culpa sua que chova, também não é culpa sua que os aviões caiam.

T̲odos quiseram me impedir. Eu estava louco. Morreria. Momo também parecia triste. Até que Danny, sentado contra a mureta no lugar de sempre, decidiu falar.
— Se ele quer ir embora, deixem-no em paz. Ao menos alguém tem colhões.
— Eu tenho colhões! — protestou Sobix.
— Com pentelhos — especificou Danny.
Sobix se calou. Danny se levantou, seguiu com o dedo o caminho da descida da chuva, mostrando-me seus pontos fracos.
— Você precisa passar da fachada norte à fachada leste para chegar ao lugar onde pular por cima da grade. Basta seguir a calha. Mas cuidado: o lugar onde ela faz a curva, no canto do prédio, é o mais perigoso. Está faltando um prego. Ela pode ceder se você colocar seu peso sobre ela. E você precisa colocar seu peso sobre ela para passar.
— Como você fez?
— Não lembro.
— Você vai mesmo embora? — perguntou Sobix. — Não é tão ruim aqui, sabe.

Ele se segurava para não chorar. Cerrava os dentes com tanta força, para impedir os lábios de tremerem, que o resto de seu corpo dançava a tarantela. Marie-Ange falou um pouco conosco, mas naquela noite só ouvíamos intermináveis silêncios entre as palavras. Até ela parecia cansada, exaurida por horas de programa ao vivo no meio da noite, sustentando apenas com a voz todos os fracos da Terra. Desligamos o rádio, pairamos entre Vegas e a Via Láctea, nos demoramos o máximo possível. A noite se condensava, gelada a nosso redor. Precisávamos entrar.

– Vou escrever.

– Não faça promessas que não poderá cumprir – respondeu Fuinha.

Ele me estendeu a mão.

– Não se esqueça da gente, já está de bom tamanho.

Nevou forte, na segunda-feira, um retorno do inverno que prometia complicar as coisas para mim. O orfanato dormia numa mesma respiração. Uma brisa fria corria sobre os corpos, vinda de um janelão que Girino deixara aberto, "o primeiro que o fechar se verá comigo". Fuinha, enrolado embaixo da cama, piscou para mim e murmurou "boa sorte".

Eu não tinha luvas. O metal queimava, a noite cortava, tudo era dor. Minha respiração se condensava em nuvens azuis que ficavam suspensas à minha frente, igualmente estarrecidas com o frio. O velho prédio estalava, o resto também: a montanha ao redor sob a pressão do gelo, a calha. A calha principalmente, que protestava com todo o seu zinco quando eu me agarrava a ela. O prédio tinha quatro andares. Levei dez minutos para descer os poucos metros que me separavam do terceiro, a cabeça flutuando entre as bolas de algodão que eu exalava cada vez mais rápido, os pulmões em fogo, os músculos congelados pelo esforço. O casaco de lã se enredava entre minhas pernas. Fiz uma pausa na frente de uma janela com as venezianas abertas, uma peça que eu não conhecia. A lua iluminava um cemitério de brinquedos, bichinhos de pelúcia de nomes esquecidos, trens com rodas de madeira que não levavam a lugar algum, sem dúvida confiscados à chegada dos internos. Momo tivera sorte de ficar com Asinus. Um urso de orelha arrancada me olhou suplicante. Continuei a descer, *cada um por si*.

Metade do caminho. Sob meus pés, uma cornija do tamanho de uma mão, envernizada por uma camada de gelo fresco em alguns pontos. Abaixo dela, dez metros de vazio, e as pontas da grade enferrujada que cercava o prédio. Atrás dessa grade, o paredão, a rocha que subia cem metros.

Acalme-se, rapaz. Está consumindo oxigênio demais.

Está aqui, Michael Collins? Sei que entre homens não se diz esse tipo de coisa, mas estou muito feliz. Se não falei com você nos últimos tempos é porque fiz alguns amigos. Desculpe. Eles me julgariam louco. Eles já me julgam louco.

O que você achou, que eu o abandonaria? Na hora de chegar à Terra? Keep your eyes on the prize, son. *Não perca de vista seu objetivo. Um astronauta nunca entra em pânico. Ele analisa um problema e o resolve.*

Colado ao muro, à pedra polida por anos de tempestade, aproximei-me da curva. A calha flutuava, o prego solto bem naquele lugar. Danny tinha razão: impossível contar com ela para passar por aquele canto do prédio. Um sopro aveludado me acariciou a bochecha e quase soltei as mãos. Um mocho-real se afastou, imperturbável, talvez me tomando, tão alto assim, em seu território, por um compatriota. *Analisar o problema*. Danny conseguira passar. O vento se ergueu, arranhou o reboco. Inclinando-me, descobri dois buracos na parede, quase tapados pela neve, na fachada leste. Eu podia enfiar o polegar e o indicador da mão esquerda bem fundo. E, me segurando apenas com esses dois dedos, passar por aquele canto.

    A mão esquerda, claro. A mão do ritmo, sobre a qual tudo repousa, como na "Sonata nº 15", de que Rothenberg tanto gostava. Era um gesto de músico, um ato de criação. O polegar, o indicador. Deixar o corpo para trás. Dois dedos *versus* o vazio. Meu pé esquerdo passou a calha, se apoiou na cornija da fachada leste. Dois dedos *versus* o pescoço quebrado ou pior, o empalamento na grade. Eu estava bem na quina do prédio, um pé de cada lado, e Confins empurrava meu peito com sua aresta fria, como para me abrir em dois. Era a hora. Soltei tudo, menos os dois dedos, e me vi do lado certo da calha. Eu tinha passado.

    Então vi Girino. Bem embaixo de meus pés, cinco metros abaixo. Ele fumava, cantarolando – não tinha me visto. Meu pé direito escorregou. Deixei-o cair, agarrado à fachada pelos dois dedos da mão e pelo pé esquerdo. Um pequeno monte de neve fresca se soltou da cornija, caiu na direção de Girino rodopiando e se desfez milagrosamente num nevoeiro antes de atingir sua cabeça. O fiscal esmagou o cigarro, cuspiu um catarro amarelo e se afastou, as mãos nos bolsos.

    Meu pé encontrou a cornija, pesado como um tronco de madeira. Nessa fachada, a coluna de zinco estava mais firme. Forcei-me a contar até cem, imaginando Girino voltando a seu quarto – ele devia ter chegado, agora –, e de novo até cem caso ele tivesse parado no meio do caminho. Segui em frente, o mais silenciosamente possível. Chegando ao ponto em que a grade tocava o orfanato, empurrei-me com todas as forças contra a parede. Aterrissei três metros abaixo sobre um monte de neve, atordoado. Livre. Em algum lugar na escuridão, o mocho-real levantou suas grandes sobrancelhas, perguntando-se como alguém podia voar tão mal.

Parabéns, garoto. Missão cumprida. Hora de voltar. Se um dia passar por Houston, se um dia se sentir sozinho, e isso vai acontecer, bata à minha porta. Minha esposa e eu ficaremos felizes de recebê-lo. Falaremos dos bons e velhos tempos, noite adentro. Falaremos entre velhos companheiros de lua, só nós dois, porque mais ninguém terá visto o que vimos.

Olhei para Confins pela última vez, enquanto recuperava o fôlego. Rose me esperava na grande curva, a meia hora de caminhada. O pátio estava apagado, tudo dormia. Comecei a correr. Primeiro, precisava atravessar o bosque por trezentos ou quatrocentos metros, numa escuridão quase absoluta, antes de chegar à estrada que descia para a aldeia. Eu conhecia o caminho de cor. Aqui, a grande faia inclinada. Ali o cartaz *Os Confins*, orgulhosamente fincado em seus pés de cimento não granuloso. Mais uma centena de metros no caminho de terra e viria o asfalto, a liberdade. Haveria gelo na pista. Diminuí a velocidade.

A estrada apareceu. A estrada e um carro estacionado no cruzamento, bem no meio do caminho, escondido na escuridão. Os faróis me cegaram. O abade me esperava ao volante, o rosto redondo paralisado pelo frio, entre mim e minha liberdade. Mudei de direção na mesma hora, sem pensar, voltei a mergulhar na floresta para sair do feixe de luz. Um sussurro me seguiu, um rastejar rápido, uma massa de predador que calava os animais menores. Atrás de mim, depois pelos lados. Mudei novamente de direção, imprevisível. Pulei um tronco caído, desci correndo uma encosta, caí, machuquei o joelho numa pedra, voltei a correr. Um riacho. Segui o curso d'água, para despistar os cães. Mas não havia cães. Atravessei, tive as bochechas arranhadas, as roupas rasgadas pelos galhos. As árvores me seguravam, ciumentas de minha liberdade, elas que nunca sairiam daquele vale escuro. Girino apareceu atrás de um pinheiro, bem na minha frente, flamante de vida e alegria. Ele se sentia em casa. Meio homem, meio animal, de uma beleza que a Indochina não soubera reconhecer. Eu lhe escapara em Cao Bang. Eu lhe escapara em Dien Bien Phu. Ele enfim me teria.

Corri na direção de seus braços, tomado pelo alívio covarde da presa, da felicidade de ser abraçado. Depois me prostrei, para não lhe facilitar o trabalho, uma pilha de roupas vazias que pesava uma tonelada – a técnica de Sobix. Girino me arrastou para a estrada sem dificuldade, feliz de me enganar com tanta facilidade, me dando alguns pontapés no caminho.

Eu sentia dor, mas não onde ele batia. Uma dor bem longe de seus golpes, uma dor bem no fundo. Eu pensava em Rose, que me esperava, perscrutando a noite em seu retrovisor, e isso me doía. Mas mais longe ainda, mais profundamente, uma dor branca me perfurava o ventre.

Eu não contara a ninguém de minha partida, exceto a meus amigos.

Havia um traidor na Vigia.

SEI QUE VOCÊ NÃO VAI RESPONDER. Estou longe demais, agora. Registro essa mensagem e a entrego ao acaso, aos ventos estelares, para que você saiba o que deu errado. Você errou ao confiar em mim. Perdi a manobra final, a mais importante, o encontro. Mergulho no grande vazio, rodopiando sem destino sob o olhar paciente de anãs brancas, gigantes vermelhas e azuis. Com minha viseira constelada e a seda dos cometas entre minhas mãos enluvadas, valso sozinho num chão de estrelas. Não se ouve nada, aqui, apenas a respiração e os batimentos do coração. Se alguém encontrar meu escafandro vazio, no futuro, atrás de uma supernova, não desconfiará que essa viagem louca foi por uma garota. Mas você, Michael Collins, quero que você saiba.

A porta do Olvido se fechou sobre mim no dia 16 de março de 1970. Girino raspara minha cabeça. O abade me forçara a fazer a *marcha do penitente*, uma guarda de honra em sentido contrário à da saída de Danny. Precisei apertar a mão de todos, até dos menores, pedindo-lhes perdão.

Todos me encaravam com curiosidade, menos os membros da Vigia, que abaixavam os olhos. Danny pegou minha mão e me puxou para um abraço brutal, os lábios colados em meu ouvido.

– Bem-vindo à Vigia.

Momo se recusou a me soltar. Ele não entendia o que eu faria lá dentro. Tentei me desvencilhar, murmurei-lhe que ficaria bem, ele balançava a cabeça cada vez mais forte, gemendo. Girino lhe deu uma bofetada tão grande que Asinus saiu voando. Momo disparou e saiu correndo para se esconder, no lugar onde ele pensava que ninguém o encontraria, no fundo de si mesmo, num refúgio de paralisia, baba e dedos crispados no vazio. Girino o tirou dali. Eles não deixariam um avestruz epilético estragar a solenidade do momento.

Antes de fechar a porta, o abade murmurou:

– Salmo 68:7, Joseph: "Somente os rebeldes habitam lugares áridos".

E veio a escuridão.

Rose tinha razão. Eu não era responsável pela morte de meus pais. Eu acreditava ter sobrevivido ao acidente, mas era sua principal vítima. A explosão tinha me soprado para longe, transformado num projétil humano que se perdia espaço afora. A única maneira de voltar à Terra seria ricochetear em algo duro.

O abade chegava no meio da noite – acho que era no meio da noite, em todo caso –, para ler uma passagem das Sagradas Escrituras. Sempre atrás da porta. Eu só via Girino, que me trazia duas refeições por dia e me tirava dali uma vez por dia para me levar ao banheiro, uma velha latrina de louça instalada numa das salas laterais. Eu a usava de porta aberta, sob sua vigilância. Ele não tinha a delicadeza de ficar de costas, me olhava direto nos olhos. Fiquei constipado por uma semana. Depois de uma semana, direto nos olhos ou não, tudo saía. Eu ainda não sabia que aquele tratamento era um luxo.

Sénac estava a par de todo o plano, tal qual eu o contara na Vigia. Rose fora encontrada na beira da estrada. Tentara fugir, acabara sem ferimentos no acostamento cinquenta metros adiante – a maldita segunda marcha que ela nunca conseguia passar. Os policiais a levaram para casa, seu pai voltara com urgência de Paris. O caso foi comentado dali até Lourdes.

– Para evitar constrangimentos, comuniquei à família de Rose que, depois da última aula de piano, você veio até mim para se confessar. Que você me contou seu plano de fuga, porque já estava arrependido e solicitava meu socorro espiritual.

Rose achava que eu a abandonara.

Devia ter me amaldiçoado até perder o fôlego. Essa talvez seja a coisa que mais tenho dificuldade de perdoar a Sénac, hoje. A escuridão continuou, o silêncio, a solidão de Adão, a solidão de Michael Collins enquanto sobrevoava a face oculta da lua. Pedi desculpas ao abade, várias vezes, abjetamente, pelo que tinha feito.

– E o que você fez? – ele replicava, atrás da porta.
– Fugi. Desobedeci.
– Esse não foi seu maior pecado.

Inventei pecados em abundância, como bom católico. Por mais que eu tentasse, confessasse crimes imaginários pelo prazer de ser perdoado, como se lavasse o carro no lava-jato aos domingos para pegar caminhos enlameados durante a semana, nada contentava Sénac. Eu tinha um sono picado, ensaiava partituras, repetia ensaios. Fiz exercícios físicos e desisti deles. Não tenho medo de dizer que odiei. Odiei Sénac, mais ainda que Girino.

O traidor me obcecava. Quem tinha falado? Os mais óbvios? Danny, para me testar, Sinatra, que não gostava muito de mim? Fuinha, cujos próprios interesses estavam acima de tudo? Minha avó me fizera ler Agatha Christie. "Se quiser ler alguma coisa, leia Agatha", aconselhava, com aquele chauvinismo desenfreado e alucinatório dos ingleses. Em Agatha Christie, o culpado era sempre o menos suspeito. Sobix, porque ele era fraco? Edison, porque lhe prometeram todos os livros de matemática, física e química com que ele sonhava? *Não, não*, esbravejava Poirot, *você não está vendo o óbvio: o menos suspeito é a própria Rose!*

Eu estava enlouquecendo, gota por gota, pérolas de razão que saíam de mim por meus poros, meus ouvidos, meus olhos. Principalmente pelos olhos.

Certa noite, o abade anunciou:

— Abri a mala com que você chegou.

Eu não estava nem aí. Virei-me para a parede, enrolado num cobertor sobre o estrado enferrujado. Eu teria dado todas as minhas malas para falar com Rose por um único minuto, para dizer que eu não a traíra, que eu nunca a detestara de verdade, apenas de uma estranha maneira que me interessava, porque eu queria beijá-la há muito tempo, desde a primeira fogueira, desde os bisões dançantes nas paredes das cavernas. Aquela mala fora preparada por nossa vizinha antes de minha viagem para a lua. A sra. Desmaret devia tê-la enchido com o que encontrara em meu quarto. Eu não usara quase nada, pois sempre recebia roupas por onde passava. Tirara dela apenas alguns blusões e materiais de higiene.

– No fundo da mala, encontrei um disco.

Abri os olhos. O abade estava segurando alguma coisa – colocava os óculos de leitura. Colei meu ouvido à porta.

– *Sympathy for the Devil*, dos Rolling... Rolling Stones.

Eu não entendia. Eu não tinha esse disco. O único que eu vira pertencia a Henri Fournier. Ele o dera à sra. Desmaret, pedindo que o entregasse a mim? Um último gesto, um presente de um outro mundo, para me dizer que, embora ele não pudesse me ver, eu mesmo assim fora importante? Um pouco de minha razão marejou meus olhos.

– Vejo que gosta de *rock*, é assim que se chama?

– Sim. Mas, tecnicamente, essa música é um samba.

– Samba. E você tem simpatia pelo diabo, Joseph? É isso?

– Compaixão – corrigi-o automaticamente.

– Perdão?

– *Sympathy*, em inglês, significa "compaixão". Pode ser simpatia também, mas nesse caso acho que é compaixão.

– Não muda muito.

– Muda muito. Não tenho simpatia pelo diabo, mas tenho compaixão por ele.

– Por quê?

– Porque pode ser que o diabo não tenha pedido por nada disso. Pode ser que ele não tenha nascido diabo, mas um bebê rosado como os outros. Talvez ele tenha perdido os pais e sido enviado para um orfanato. E lá se tornado o diabo.

Houve um longo silêncio, acompanhado do leve chiado das lâmpadas no corredor. O filete de luz sob a porta desapareceu. Dobradiças rangeram ao longe. A maior satisfação de minha vida talvez tenha sido atingir Sénac através da porta trancada com duas voltas, ao som de um samba.

***

No dia seguinte, não recebi o café da manhã. Nunca mais recebi o café da manhã no Olvido, precisei me contentar com uma refeição por dia. Perdi o direito de sair para ir ao banheiro. Girino me entregou um balde, diariamente esvaziado por uma freira. Sénac não me visitou mais.

Uma manhã, que reconheci por um leve clarear da escuridão, perguntei à irmã há quanto tempo eu estava ali. Ela deve ter ficado com pena de mim, pois olhou temerosamente em volta e murmurou: "Três semanas".

Três semanas. Apenas três semanas naquela eternidade, três semanas atravessadas pelo brilho amarelo da luz do corredor. A porta se fechou sobre meu turbilhão, minha viagem no vazio e minhas derivas astrais.

Dois ou três dias se passaram, segundo meus cálculos, quando fiz a mesma pergunta à mesma freira, que olhou de novo ao redor e murmurou: "Cinco semanas". O abade voltou numa noite mais densa que as outras, uma noite escura como breu.

– Sei o que está sentindo, Joseph. Sei que me detesta, como detestei meus professores. Mas é graças a eles que estou aqui hoje.

– O senhor também é órfão, não é mesmo, senhor abade?

Entendi isso em algum lugar entre Júpiter e Saturno, propulsionado para as fronteiras de nossa galáxia. Demorei para entender. Mas eu vira o sinal, aquele que nunca engana. Suas mãos tremiam.

– Eu já disse: não existem órfãos, pois todos temos um Pai. E esse Pai me confiou uma missão: educar você. O mundo que o espera lá fora é duro, regido por normas. Cada um deve ocupar o lugar que o Senhor lhe atribuiu. Se recusarmos esse lugar, o que será de nós? O que você diria se sua esposa, um dia, o desobedecesse? Seus filhos? Você também os puniria com severidade. Ouça o que diz Samuel: "Se não obedecerdes à voz do Eterno, a mão do Eterno estará contra vós, como esteve contra vossos pais". Não force Deus a puni-lo como puniu seus pais, Joseph. Pense no futuro.

Não, senhor abade, eu vi o futuro. O futuro é um mundo melhor, de carros voadores e estradas celestes, de homens que se transformam em animais, talvez até em mulheres, de limões gelados e vulcões clementes, um mundo de bandeiras a meio mastro, porque graças a Rose as bandeiras não significarão mais nada. Um mundo em que os pais não morrem, não tão cedo. Eu vi o futuro, e ele não é como este que o senhor me oferece.

— Joseph, está me ouvindo?

— O Cristo não seguia a norma.

— Não, o Cristo não seguia a norma. Mas ele era o Cristo. E sua vinda foi anunciada por profetas. Ninguém anunciou sua vinda, Joseph.

— Mas se Deus nos fez à sua imagem, nós *somos* o Cristo, cada um de nós.

— Hábil sofisma, ditado pelo diabo, que você conhece tão bem. Utilize sua inteligência com mais discernimento, a serviço da fé. Chegará mais longe.

A porta bateu no alto das escadas, a luz se apagou. Retive-a na retina, em halos amarelos que também acabaram diminuindo até se tornarem pontos, até desaparecerem. Entreguei-me à solidão sem lutar, ao silêncio penetrante dos quadrantes parados.

Eli, Eli, lama sabachthani?

***

Uma noite, logo antes de me deixar, como um detalhe que lhe ocorreu na hora, o abade murmurou, quase inaudível atrás da porta:
— Seu professor de música, aquele de que você me falou...
— O senhor Rothenberg?
— Sim. Está morto.
Minha primeira reação foi rir. Claro que não, meu velho professor não estava morto. Ele ainda tinha muita coisa a me explicar. O que ele queria dizer quando afirmava, por exemplo:
— Não confunda ritmo e andamento, cabeça de mula. O ritmo não é uma estrutura horizontal, mas vertical. É um orvalho que sobe da terra, o que resta de um sino quando ele para de tocar, entende?
— Não, sr. Rothenberg.
— Todos os pintores italianos encontraram o ritmo, e alguns outros, com o nome Van — Gogh, Eyck, Rijn, der Weyden —, o encontraram e esconderam em seus quadros. Entende, agora?
Eu também tinha coisas a dizer. Que eu finalmente entendia por que ele pronunciava a palavra *sorte* com uma cara tão lúgubre, quando seu olhar voava para longe e ele murmurava: "Tive sorte". Era a mesma sorte que me fizera ficar em casa em vez de pegar o avião. Dizer que eu conhecera uma garota, uma rainha do sul. Que eu queria, como ele e Mina, envelhecer com ela.
— A elegância dos tchecos, a loucura dos russos, o humor dos italianos, o trágico dos alemães, a arrogância dos franceses, é disso que você precisa, meu rapaz, para se tornar um pianista aceitável.
— E os ingleses, sr. Rothenberg?
— Os ingleses? Se eles o aplaudirem, saberá que se tornou um pianista aceitável.

Rothenberg não estava morto. Ele precisava viver para me chamar de cretino, idiota, imbecil, pois ninguém o fazia tão bem quanto ele.

– Não, senhor abade. Deve haver algum engano.

– Não há engano. Ele está morto.

Acontecera de repente. Rothenberg acordara no meio da noite, acendera todas as luzes do pequeno apartamento. Sua esposa se assustara e ele explicara: "Sonhei com uma melodia extraordinária". Ele se sentara ao piano e tocara, com surdina, enquanto sua mulher voltara a dormir. Ela o encontrara no mesmo lugar na manhã seguinte, com um sorriso nos lábios, as mãos sobre o teclado. Suas lindas mãos enrugadas, ainda cheias de tapas para dar em minha cabeça.

Wilhelmina Rothenberg telefonara a Confins para me comunicar o fato. Ela se oferecera para me buscar com urgência, a seus custos, para o enterro de meu velho professor. Sénac respondera que qualquer deslocamento infelizmente me estava proibido, pois eu estava de cama.

– Deixe-me ir, senhor abade. Juro que voltarei. Que não direi nada.

– Que não dirá nada? Sobre o quê?

– Sobre nada, senhor abade.

– Tarde demais, isso foi há duas semanas. Você deveria me agradecer por ter escondido as verdadeiras razões de sua proibição. Além disso, essa gente tem manias estranhas. Enterram seus mortos tão rápido que não sei se você teria chegado a tempo.

– Essa gente?

– Os judeus, ora.

– Então o senhor também.

– Como assim, eu também?

– Seria ruim se eu fosse judeu?

— Você não é, pelo que sei.
— Não.
— Então tudo bem. Muito bem. Boa noite, Joseph.

Minha conversa mais longa com Sénac.
— Não entendo, senhor abade.
— O que você não entende, Joseph?
— Por que o senhor faz isso.
— E o que eu faço?
— Para começar, o senhor protege Girino.
— O sr. Marthod. Sou o primeiro a reconhecer que ele é um homem difícil. Mas precisamos entendê-lo. Ele viu coisas que teriam derrubado homens mais fortes que ele. Companheiros caindo em rios envenenados. Por que acha que ele fica no primeiro andar, onde não pode ser ouvido? É você, Joseph, que se levanta à noite quando ele grita? Para refrescar sua testa, purgar os venenos amargos que infectam seu sono? Então sim, eu o protejo. Projeto todos vocês. Mas esqueçamos o sr. Marthod por um instante. O que *eu* fiz a você?
— O senhor me prendeu!
— Você não está preso, Joseph.
— Então posso sair?
— Claro que pode sair. Você tem a chave. Essa chave se chama humildade.
— O senhor é um monstro. Sem amor. Sem ternura.
— Não lembro direito de meu próprio pai, mas recordo um homem duro, um músico capaz de tocar a melodia mais doce depois de bater em minha mãe, em meus irmãos, em minhas irmãs. Então me perdoe por não acreditar em ternura e, também, por não suportar o som do piano. Você acha que

não sinto amor? Sinto o amor de Deus por seus filhos. O amor de Deus é um amor de diamante. Ele é branco, frio. Ele corta. Rebelei-me contra ele, na sua idade. Eu queria ser saltimbanco, cuspidor de fogo, mas meus professores não afrouxaram a vigilância. Faço o mesmo por você, o mesmo por seus camaradas. O que meus professores me transmitiram, transmito a vocês. Porque o mundo não precisa de cuspidores de fogo.

– Deve haver outra maneira...
– Não creio, Joseph. Isso significaria que meus professores se enganaram, e seus professores também, e os professores deles também.

Minha conversa mais longa com o abade nunca aconteceu fora de minha cabeça.

Nem por isso é menos verdadeira.

Essa foi a coisa dura sobre a qual ricocheteei. Ou talvez eu tenha começado a ouvir, pois desde o início essa foi uma questão de audição. Ao acordar, compreendi meu maior pecado. Ele apareceu para mim, iridescente, em meio a uma escuridão de apocalipse.

O traidor revelara todo o meu plano. O abade e Girino podiam ter me detido no momento em que saí do dormitório. Eles me deixaram subir no telhado, descer uma calha frouxa, seguir cornijas geladas com dedos entorpecidos e membros transpassados por longos espinhos de frio. Eu insultara a lógica, as estatísticas e a gravidade, que são temperamentais. Eles sabiam e me deixaram agir, sabendo que, se eu caísse, alguém da DDASS teria aberto o olho, bocejado, talvez decidido se interessar pelo que acontecia em Confins. Eles me submeteram àquele calvário de vertigem e gelo porque Sénac *acreditava*, com aquele fervor ardente dos missionários de outrora, que era para o meu bem. Sénac *acreditava* na natureza pecaminosa dos órfãos, dos judeus, de tudo o que desviava das certezas que outro abade e outro Girino tinham gravado nele a ferro e fogo. Monstros fabricam monstros que fabricam monstros. Sénac era perverso. Sénac era mau. Mas ele o era de maneira honesta, com todo o seu coração doente.

Quando o abade voltou, naquela noite, colei meus lábios à fechadura.

– Peço-lhe perdão, senhor abade.

– Perdão pelo quê, Joseph?

– Perdão por tê-lo forçado a me punir. Porque o senhor é um homem bom. Minha punição também é, acima de tudo, a sua. O senhor sofre, mais ainda do que eu, e esse é meu maior pecado.

Segurei a respiração.

A luz se apagou, a porta rangeu.

Na manhã seguinte, minha cela se abriu para os dentes amarelos de Girino.

– As aulas começam em uma hora. Não ouse se demorar no banho. Mas não economize no sabonete, está fedendo.

Saí depois de 65 dias de isolamento. Perdoe-me se meu olhar por vezes se perder no vazio. Meus olhos fixaram, por tempo demais, reinos esquecidos.

Não haveria *APOSTAS*. Nem fichas atiradas de gorjeta a crupiês arrogantes. Nem passeios pela Tropicana Avenue, da areia ao asfalto, para beber algo no próximo bar, que uma hora depois se tornaria o bar anterior. Não haveria conversíveis, nem palmeiras sem sombra sobre um fundo de noites ácidas. Não haveria mesa bem na frente do palco, não haveria palco. Não iríamos para Las Vegas.

Sinatra era o traidor. Deixara Confins há quase um mês quando voltei de minha viagem subterrânea, cambaleante, sem conseguir enxergar, quando desmaiei assim que entrei na sala de aula. Eu ainda estava com os olhos do inverno. De repente me via na primavera – uma leveza ofuscante, lâminas de ouro puro que estilhaçavam as têmporas. Fiquei de cama por uma semana, depois tive que liberar o quarto da enfermaria para um pequeno que não parava de vomitar.

Sinatra mentia para nós desde a primeira vez que fora chamado pelo abade. Frank nunca enviara um perito, nunca respondera a nenhuma de suas cartas alucinadas. Sénac lhe dissera, naquele dia, que seu pai biológico se manifestara, que tomara todas as medidas necessárias para tirá-lo de

Confins. Seu pai, um açougueiro dos arredores de Cahors que tinha o nome na certidão de nascimento de Sinatra. Não houve nenhum teste a ser feito, nenhuma dúvida. Sinatra furara o próprio braço com um compasso para simular uma picada. Porque tinha vergonha. Vergonha do açougueiro de Lot, que ele sonhara *crooner* em Las Vegas. Ele suplicara ao abade que nada fosse dito durante os meses de burocracia que precederiam sua saída. Sénac concordara, desde que, em compensação, Sinatra lhe relatasse o que acontecia no orfanato. "Nada de pecados sem gravidade." O abade queria algo sério. Sinatra lhe dera a Vigia.

Sénac nos deixara continuar, com uma paciência aracnídea, à espera de uma falta mais grave, mais suculenta: a minha. Sinatra confessara tudo a Fuinha, chorando, na véspera de sua partida, quando se tornara impossível mentir por mais tempo, pois todo mundo veria um sujeito rechonchudo, baixinho e careca saindo de uma caminhonete com a inscrição *Carne de cavalo, relinchante de tão fresca!*, todo mundo o veria apertar a mão de Sinatra com um acanhamento solene e fazê-lo subir no banco do passageiro. Sinatra partira do mesmo jeito que chegara, com os olhos baixos. Não senti pena. Jurei que um dia quebraria sua cara.

Nossa sociedade secreta não existia mais. A porta que levava ao telhado fora interditada. O rádio fabricado por Edison, confiscado. Marie-Ange, confinada a seu vale. Os membros da Vigia padeciam em tarefas novas, à beira do esgotamento. Não havia mais ninguém lá em cima, não havia mais vigias circulando sob tempestades de estrelas para proteger Confins e zelar pelo planeta. Aquele foi um ano de massacres, aviões interceptados, homens mortos pela cor de sua pele – sempre errada se não fosse branca –, o ano em que os Beatles se separaram. Coincidências, talvez. Rose deixara a região pouco depois de minha chegada ao Olvido. Obtivemos essa informação de Étienne, que conhecia o jardineiro da mansão.

Girino recebera ordens: não permitir nenhuma comunicação entre os antigos membros da Vigia. À noite, ele aparecia de repente no dormitório, para garantir que estávamos em nossas camas, ou embaixo delas. Fuinha se dedicava às transações, Sobix explodia com os pequenos, Edison pensava na melhor maneira de superar a velocidade da luz. Danny continuava fixando o vazio sem se dirigir a ninguém. Depois de nosso último confronto, ao menos desistira de me atacar. Momo era o único com autorização para se aproximar de mim, *bem-aventurados os pobres de espírito*, Mateus 5:3, pois eles não são perigosos. O abade escolhera outro secretário, um loirinho de 14 anos que se julgava grande coisa.

Aos poucos voltei a minha semivida de órfão. E tomei consciência dos olhares trocados, dos sinais em código, dos papéis que passavam de mão em mão numa fração de segundo. Uma manhã, Girino não apareceu. Correu o boato de que fora levado ao hospital de Lourdes, onde passaria a noite em observação. Tinha sido vítima de um choque acidental no interruptor do corredor à saída de seu quarto. O cabo de fase infelizmente se soltara, entrando em contato com a estrutura metálica do interruptor. Girino fora projetado contra a parede oposta por 220 volts da boa eletricidade dos Pirineus, que podia oscilar ao sabor das aberturas da barragem até 250 volts. O suficiente para enviar o corpo para um lado, a alma para outro. Girino não tinha alma, então sobreviveu. Edison exibiu uma expressão satisfeita o dia todo. No fim, alguns órfãos se tornam excelentes eletricistas.

Fuinha me acordou à meia-noite, com um dedo nos lábios. Do outro lado da cortina de veludo, onde dormiam os pequenos, o que restava da Vigia me esperava. Fuinha colocou uma barra de chocolate na mão de um garoto que saiu correndo e se postou à porta do dormitório, ainda que a ausência de Girino, que se descarregava lentamente num leito de hospital, diminuísse os riscos. Às poucas cabeças sonolentas que se ergueram, Fuinha avisou:

— O primeiro que abrir a boca acorda morto amanhã.

As cabeças voltaram a dormir na mesma hora. O dormitório dos pequenos dava para a sala dos chuveiros. A última cabine abrigou, com sua porta carcomida, nosso primeiro conciliábulo em três meses.

— Somos a Vigia — anunciou Danny.

Repetimos o que ele disse, invadidos por uma estranha emoção:

— *Somos a Vigia*.

— Vamos fugir daqui.

— Está maluco? A última vez não bastou? — perguntou Fuinha, olhando para mim. — A você também não?

— Como quiserem. Eu vou. Joseph também.

Ele não perguntara minha opinião. Estávamos ligados. Éramos irmãos de escuridão.

— Impossível — insistiu Fuinha. — O portão principal tem um cadeado. E o abade mandou desmontar a calha que acompanhava a grade. Mesmo que saíssemos, não poderíamos fugir pelo paredão granítico e seríamos pegos na estrada.

— Não fugiremos nem pelo paredão, nem pela estrada.

— Ah, não? E o que quer fazer, sair voando?

— O túnel. Dos trens. Na Espanha, ninguém vai procurar por nós.

Ficamos mudos. Cada um imaginou o interior do túnel, a parede pintada com o sangue dos infelizes que tinham tido a mesma ideia. Danny fez um sinal para Edison, que abriu uma folha cheia de desenhos e cálculos e tomou a palavra:

— Segundo Étienne, o túnel tem cinco quilômetros. Os trens entram a cada trinta minutos, nos dois sentidos. Levam quatro minutos para atravessá-lo. Faz dois meses que faço cálculos, a margem de erro é da ordem de trinta segundos. E pode ser trinta segundos para mais, ou para *menos*. O que quer dizer que, entre dois comboios, dispomos de vinte e nove minutos para chegar ao outro lado antes que um trem nos pulverize. Digamos vinte e oito, por segurança. Podemos entrar logo depois do trem que sair da França, ou logo depois da saída de um trem vindo da Espanha, dá na mesma. Vinte e oito minutos.

Edison falava rápido, com ares de general em campanha, movia os dedos sobre desenhos de homens-palito, locomotivas monstruosas e cálculos rasurados, feitos e refeitos para levar em conta todas as eventualidades.

— Por comodidade, digamos que esperamos que um trem entre no túnel pelo lado francês. Corremos atrás dele, imediatamente depois do último vagão. A saída fica a cinco quilômetros. Rachid diz que um homem adulto, sem treinamento mas em forma, corre em média a dez quilômetros por hora uma distância como essa. Ele poderia atravessar, apressando-se um pouco, nos vinte e oito minutos necessários. O problema é que não temos nem a massa muscular, nem a resistência de um adulto. O que significa que, para atravessar o túnel antes que um trem entre do outro lado, precisamos estar, em relação à nossa idade, em excelente forma. Perguntas?

Levantei a mão, o que fez os outros sorrirem.

— Se um comboio leva quatro minutos para atravessar, por que eles só os enviam a cada meia hora? E se decidissem enviar o próximo mais cedo?

— Perguntei o mesmo a Étienne. É uma medida de segurança. Um dia, o controlador espanhol saiu para mijar. Quando voltou, convencido de que o trem vindo da França havia passado, enviou o próximo. Só que o trem francês tinha estragado dentro do túnel e o condutor corria para a saída até o telefone de emergência. Uma carnificina. O túnel é velho, perigoso e sem equipamentos de segurança. Os trinta minutos são para evitar um novo acidente.

Fuinha balançou a cabeça.

— Tudo isso é muito bonito. Mas digamos que não sejamos varridos por um limpa-trilhos, o que faremos ao chegar na Espanha?

Eu conhecia essa parte do plano, graças a Rose.

— Ninguém nos procurará na Espanha. Manteremos a discrição, faremos pequenos bicos até chegar à maioridade. Depois disso, estaremos livres.

— Então, quem vem? — perguntou Danny ao grupo.

Levantei a mão. Momo me imitou. Fuinha hesitou por um bom tempo, mas acabou concordando. Sobix estava com os dois braços levantados há tempos.

— Você não — disse Danny. — É pequeno demais.

— Fiz 10 anos! Vocês não vão me deixar aqui, seus patifes!

— Se quiser morrer... Não estou nem aí. A escolha é sua.

Edison se ajoelhou a seu lado.

— Escute bem. Danny tem razão. Você não pode correr nessa velocidade. Nem nós temos certeza de conseguir. De que adianta morrer? Então fique, será o líder da Vigia. Você vai precisar recrutar novos membros e garantir a sobrevivência de nossa lenda. É capaz de fazer isso?

Sobix pensou, mordiscando os lábios entre os dentes separados.
— Líder da Vigia...
E estufou o peito.
— Está bem. Posso treinar com vocês, ao menos?
— Se quiser.
— Partiremos assim que estivermos prontos — concluiu Danny. — Uma última coisa: uma vez dentro do túnel, proibido parar. Nem por um segundo. Nem para descansar, nem para ajudar o colega. Dois homens não precisam morrer, um é suficiente. Lembrem-se de nosso lema.

Nossas mãos se empilharam. Nosso juramento ecoou no teto preto de umidade.
— *Cada um por si.*

Se Rachid ficou espantado, quando pedimos para treinar corrida de longa distância, ele não demonstrou. As aulas de educação física, antes um tédio mortal, se tornaram momentos de intensa concentração, dentes cerrados e bochechas coradas, de mal-estares a céu aberto e limites ampliados à força de ombros que se alargavam cada vez mais. Momo, para surpresa geral, era o melhor de nós. Não sei atrás de que sonho ele corria, se ele via o pátio lúgubre e sua grade enferrujada ou uma praia avermelhada da Argélia, uma garota que se esquivava rindo e o levava sempre em frente, até onde a areia se torna malva. Ele continuava correndo quando eu já estava de quatro, vomitando meu café da manhã. Danny corria na mente, ausente de seu próprio corpo. Fuinha, Edison e eu dávamos o nosso melhor. Sobix corria atrás de nós gritando: "Esperem por mim, esperem por mim!". Subíamos as escadas de quatro em quatro degraus. À noite, Danny nos acordava para fazer flexões, pranchas, agachamentos. O orfanato vencia onde meu manual de calistenia fracassara. No início de julho de 1970, depois de algumas semanas desse regime, não reconheci meu reflexo no espelho carunchado dos chuveiros. Eu me transformava em atleta.

Apesar de nossos esforços, chegávamos a um máximo de oito quilômetros por hora em longas distâncias. Somente Momo beirava os onze. Danny nos insultava à noite. Fuinha aumentou suas transações, encheu o mercado de barras de chocolate, e os que trabalhavam na cozinha nos conseguiam suplementos. Jantávamos duas vezes, à mesa e na cama. Não vomitávamos mais depois de fazer esforço. Nossos músculos resistiam, intumescidos de força e juventude, pediam mais. Eu às vezes acordava no meio da noite, impaciente. Começava a fazer repetições na barra que separava o dormitório dos grandes do dos pequenos.

O limite dos dez quilômetros por hora resistia. Durante os passeios à pastagem montanhosa, subíamos correndo. Logo voltávamos ao grupo, para não despertar suspeitas. Danny foi o primeiro a chegar à velocidade almejada. Afrontados, logo fizemos o mesmo. Mas em distâncias curtas. Nossos cálculos se baseavam em extrapolações, e era difícil medir nossas reais capacidades na distância que precisaríamos cobrir. Edison mantinha um diário secreto de nossos progressos, dissimulado, na boa companhia de nossa página de enciclopédia, atrás de uma imagem piedosa na parede do dormitório, uma Virgem de mau humor que ninguém jamais tocava e que tínhamos percebido que assustava Girino, pela curva que ele dava ao passar por ela. Edison estimava que ainda levaríamos dois meses de treinamento intensivo para podermos testar nossa sorte. *Doze quilômetros por hora*. Era a velocidade a atingir se quiséssemos conseguir. Fuinha se lamentava.

— Sénac vai acabar desconfiando de algo. Vi que nos observava da janela de seu gabinete, enquanto corríamos.

– Dois meses – repetiu Edison. – Final de setembro, no mínimo.

Numa manhã de julho, um ano depois de Michael Collins ter encarado a face oculta da lua enquanto seus amigos, do outro lado, olhavam para a Terra, um rebuliço nos atraiu para o pátio. Girino brandia Asinus com uma mão, empurrando Momo com a outra. Momo gritava, chorava, estendia os braços para o burrico. Seu início de bigode se adensara, ele estava com 17 anos. Mas Girino era forte e o mantinha à distância, a mão no rosto de Momo, como se quisesse apagar uma garatuja, um desenho inacabado.

– Você não tem vergonha, na sua idade, de andar com um bichinho de pelúcia? Sabe o que fazem com sujeitos como você lá fora? Além disso, esse negócio fede. O melhor seria atirá-lo no lixo, não acha?

Momo berrava, chorava amargamente, impiedosamente apagado pela mão de Girino. Fuinha e eu trocamos um olhar, Danny balançou a cabeça.

– Cada um por si – ele murmurou. – Não vale a pena estragar tudo, tão perto do objetivo. Ele que se vire.

Danny estava certo. Certo para aquele lugar, para aquele momento, e era por isso que precisávamos ir embora, para chegar a um país onde ele estivesse errado. Estávamos prestes a girar nos calcanhares quando Rachid chegou não se sabe de onde, se atirou sobre Girino e lhe deu uma bofetada de uma violência inaudita. Asinus saiu girando nos ares – suas orelhas abertas pareciam fazê-lo voar – e caiu nos braços de Momo. Girino cambaleou mas não caiu. Passara dos cinquenta anos, era gordo, mas tinha a impressionante resistência dos escorpiões, dos colonizadores. Ele se atirou sobre Rachid, que o recebeu com um direto no fígado. Girino se dobrou, vermelho de dor, conseguiu agarrar o pescoço de Rachid numa chave que os derrubou. Os pequenos começaram a chorar, uma irmã gritou. Sénac apareceu no pátio, alertado pela balbúrdia.

Ele avançou lentamente até os lutadores, erguendo a batina. Os dois homens se separaram na mesma hora, tomados de ódio mútuo. Girino tinha o supercílio aberto, a marca de uma mão vermelha no rosto, um magnífico fac-símile de arte parietal. Rachid sangrava pelo nariz. Eles desapareceram no prédio atrás de Sénac.

Rachid foi demitido no mesmo dia. Não foi autorizado a se despedir de nós. Um garoto que trabalhava tirando as ervas daninhas o viu entrar em seu carro e jurou que ele chorava. Nunca mais o vimos. Rachid não sabe, mas fizemos dele, por unanimidade, um membro honorário da Vigia.

Naquela noite, a poucos dias de meus 17 anos, Danny nos acordou à meia-noite.

— Está na hora.

O TREM ESPANHOL apareceu, balançando suas cisternas de combustível. Um cheiro de óleo queimado o seguia, pesado e sulfuroso como o voo dos abutres. A náusea me retorcia o ventre. Fuinha brilhava, de tanto que transpirava. Sobix insistira para nos ver partir – ele estava lívido.
— É cedo demais – repetia Edison, sacudindo a cabeça.
— Não estamos prontos. Ainda precisamos de dois meses. Não aguentaremos.
Danny subiu no cascalho, perscrutando a noite. Uma noite inesperada, de cartas distribuídas ao acaso.
— Sem Rachid, não teremos aula de educação física por um bom tempo. Não poderemos treinar sem o risco de despertar suspeitas. É agora ou nunca.
Um rangido se fez ouvir, Danny desceu rapidamente. Fuinha pingava. Dobrei-me em dois para vomitar – nada aconteceu. Ouvimos a dança tilintante, ainda distante, de um esqueleto de metal. Nosso trem se aproximava, balançando seus ossos enferrujados.
— Assim que o último vagão passar – ordenou Edison –, corram. *Entre* os trilhos, não pelos lados, entenderam? Há

pequenas lâmpadas nas paredes do túnel, não as percam de vista. Deem tudo o que puderem.

Momo tocou meu ombro. Ele sorria, como sempre, mas balançou a cabeça. Asinus agitou suas grandes orelhas junto com ele. Nós nos falávamos sem palavras, sem precisar de sua vulgaridade e obviedade.

– Você não vem, é isso?

Ele continuou balançando a cabeça.

– Você nunca teve a intenção de vir.

Então ele disse as duas únicas palavras que jamais o ouvi dizer na vida, um pouco deformadas pela falta de uso, moldadas às pressas nas profundezas de sua garganta para facilitar nossa despedida.

– Melhor... aqui...

Sentíamos a aproximação do trem em nossos corpos, pelo deslocamento do ar que o precedia. *Melhor aqui*. Momo preferia Confins à vida que o esperava lá fora. Eu me queixava de minha condição de excluído, de pária, desde que chegara ali. Bastaram duas palavras, *melhor aqui*, para me fazer entender que tínhamos sorte. Que havia coisa pior do que ser órfão de pais: ser órfão de si mesmo. Abracei Momo e murmurei-lhe ao ouvido:

– Voltarei para buscá-lo.

Ele fingiu acreditar. Os faróis da locomotiva apareceram, empurrando um retângulo de luz à sua frente. Um engenheiro-poeta a batizara de A1A-A1A 68000. Se era para ser esmagado, eu teria preferido que fosse por uma *California Zephyr*, uma *Empire Builder*, uma *Capitol Limited*, ou qualquer outra locomotiva americana de nome épico.

Nós nos viramos para Sobix. Ele estendeu a mão aberta, com a palma para baixo.

– Somos a Vigia.

– *Você* é a Vigia – corrigiu Danny.

Os vagões começaram a passar, entrando num estrondo dentro da abóbada escura. O fim do trem apareceu, mordiscado pela escuridão que o perseguia.

– Preparar! – gritou Edison.

Na mesma hora, Étienne saiu de sua cabana, com o cigarro nos lábios. O administrador nos encarou com assombro. Seus olhos foram do trem ao grupo de órfãos, e ele entendeu. O último vagão passou. Étienne abriu a boca, voltou a fechá-la, girou nos calcanhares e entrou na cabana.

Eu não podia correr. Era impossível. Eu não sentia minhas pernas.

– AGORA! – berrou Edison.

Ele foi o primeiro a desaparecer no túnel. Depois Fuinha, Danny, por último eu.

Sobix, com a mão erguida em sinal de adeus, deixou o braço cair lentamente. E entrou atrás de nós, correndo com toda a força de suas pernas de 10 anos.

Pensei em dar meia-volta. A mão de Danny caiu sobre meu ombro, agarrou um punhado de carne e tecido.

— Ele já está morto. E você, pobre cretino, acaba de perder dez segundos.

Cada um por si. Voltei a correr, a correr como jamais havia corrido, fugindo de Confins, fugindo do morto de 10 anos que trotava atrás de nós. Não me julgue. Cada um por si não era um lema egoísta. Era uma maneira de dizer, quando mais nada importava, que *nós* importávamos. Que valíamos alguma coisa, pois mesmo defeituosos, mesmo dilacerados, tínhamos o "si" que era preciso preservar. O "si" que Momo não tinha mais, não totalmente.

Os faróis vermelhos, atrás do trem, tinham desaparecido. Monótonas lamparinas desenrolavam um fio de Ariadne na direção de uma saída distante, talvez imaginária. Os vultos de Edison e Fuinha piscavam à minha frente, vacilavam na fronteira de uma escuridão total. Meus pulmões queimavam. O túnel tinha algo de familiar. O Olvido, é claro. O Olvido e seu tempo dilatado. Impossível saber há quanto tempo eu corria. Dois minutos. Dois séculos. Alguém chorava e gritava ao mesmo tempo. Meus pulmões. Os dormentes sob nossos pés, o som do cascalho, o cheiro sufocante do alcatrão que respirávamos. Diminuí a velocidade. Eu acelerara demais no início, demais para aguentar até o fim. Erro de iniciante. Edison e Fuinha tinham desaparecido. Danny estava em algum ponto atrás de mim. Ou na frente. Meus pulmões, de novo. Eu tentava respirar, roubava átomos de oxigênio daquela escuridão avara. Minha língua estava pastosa, tinha gosto de noite.

Correr horas e horas. Rezar, para quê. O chamado bateria no teto. *Mesmo assim, se houver alguém aí em cima, ajude-nos. Amém.*

E então ouvi um som, uma metálica canção de ninar. *Não, não tão cedo.* A via férrea tremia. Do outro lado, um sujeito sonolento fora mijar, voltara sem se dar o trabalho de lavar as mãos, acendera o cachimbo, apertara o fumo quente com o dedo, empurrara lentamente a alavanca de acionamento. Minha mente me precedia, eu via a cena com a clareza de uma alucinação: o velho apoiado na maldita alavanca, mal barbeado, boina atravessada, um quadro da era industrial em visão granulada, numa algazarra de rangidos, zumbidos, sopros entrecortados e trilhos rangentes. Senti uma lufada de ar em meu rosto. Alguma coisa enorme se pusera em movimento, longe à frente. Um monstro.

Mais uma pernada e vou desabar. Mais uma. Os vultos de Edison e Fuinha reapareceram sobre um fundo de estrelas. A saída. Uma buzina de dois tons mugiu ao longe, o monstro marcava seu território. *Mais trezentos metros. Uma passada equivale a um metro. Trezentas passadas. Mas talvez uma passada equivalha a um metro e meio.* A fatia de noite se ampliava à minha frente. *Não conte.*

Corra.

Emergi do túnel em plena Via Láctea, numa noite espanhola que num segundo me fez entender o flamenco e o *duende*, palavra que poucos estrangeiros entendem. Atirei-me para o lado, caí numa encosta relvada, única mancha verde naquele vermelho Aragão. Fuinha e Edison botavam os bofes para fora ao pé da encosta. O trem apareceu, a quatrocentos metros, no topo de uma colina. Um único farol, uma boca de ciclope furioso. Ele tomou velocidade para chegar aos necessários oitenta quilômetros por hora. E Danny não saía.

Duzentos metros.

Ele devia ter tropeçado.

Cem metros.

Então entendi: Danny entrara no túnel sem a intenção de sair. Não na Espanha, em todo caso. Fiz grandes sinais ao condutor, gritei "*Stop, stop*, pare!". Estava escuro, estávamos na parte de baixo de um talude. O condutor não viu nada.

Com um grito furioso, Danny saiu do túnel todo corcunda, uma fração de segundo antes do trem entrar. Ele desceu correndo a encosta e se separou de sua corcunda – era Sobix. Os dois rolaram a meus pés. A fronte de Danny pulsava, suas veias inchadas quase estouravam de esforço. Deitado na grama, Sobix ria, ria com todo o seu ser. Danny fitava o céu dourado de estrelas, pensei por um instante que estava morto. Até que ouvi um som estranho, vindo do fundo de seu peito. Ele também ria. Danny ria.

O ritmo. Foi nesse momento que o ouvi. No riso de Danny, que voltara para pegar Sobix e carregá-lo nas costas, com a força da mãe capaz de levantar o carro sob o qual seu bebê está preso, uma força de lenda urbana. Depois, no coração de Rose batendo junto ao meu, um passarinho de armadura Dior. E depois no vento, no espaço imenso entre as notas, e na alegria de Sobix, que pela primeira vez na vida não via muros e grades. Uma alegria que se desenhava a traços largos – dos quais alguns se perdiam e às vezes explodiam aviões. Tudo estava interligado, tudo estava ali, disponível à audição.

O ritmo, a coisa que sustentava tudo, que mantinha em pé nossas vidas. E daquela vez eu soube que não o esqueceria.

Não toquei em nenhum piano pelos dois anos que se seguiram. Como Rose previra, toquei de novo pela primeira vez aos 18 anos, numa espelunca que me contratara para "animar um pouco o ambiente". Eu estava um pouco enferrujado, mas o bar se calou. Aquela gente sabia das coisas. Aquele era o país do *cante jondo*, do canto profundo, mas raramente se ouvia algo tão profundo. Toquei Aragão e o ocre que moldava homens e igrejas. Toquei a terra das lentas manhãs de núpcias em que arados às vezes encontravam poetas assassinados.

Sobix foi capturado seis meses depois e enviado à França depois de infinitos trâmites administrativos. Para Fuinha, Danny, Edison e eu, as coisas foram mais fáceis. Éramos jovens rapazes, tínhamos braços fortes e, como eles não custavam caro, ninguém nunca se preocupou com nossa idade. Seguimos a senda dos trabalhos temporários até o sul do país, sempre em movimento, para nos afastar de Confins.

Nossos caminhos se separaram em Sevilha. Voltei para a França quando fiz 21. Descobri que Confins tinha sido fechado logo depois de nossa partida, oficialmente por "vetustez". Eu nunca soube se foi por causa de nossa carta, se Rose a postara, se nosso ídolo radiofônico a lera e alertara alguém. Recebi minha herança. Eu tinha dinheiro suficiente para três vidas. Tornei-me professor de piano, a meu gosto, com os alunos que me interessavam, na França e alhures. Confesso modestamente ter sido bastante procurado. Hoje tenho um único aluno – passo tempo demais na rua. É um garoto promissor, irritante, um talentoso idiota em quem dou, de tempos em tempos, um tapinha atrás da cabeça.

Meu dinheiro me permitiu mobilizar a máquina administrativa. Momo não pareceu surpreso quando um dia apareci no lugar onde ele trabalhava reciclando tampinhas de plástico com outros órfãos. Eu prometera que o buscaria, ele acreditara em mim. Instalei-o no apartamento ao lado do meu, do outro lado do corredor, e paguei uma assistente para cuidar dele. Não sou generoso. Momo salvou minha vida, minha dívida ainda está correndo.

Apesar de todos os meus esforços, não consegui encontrar Rose. Eu não sabia seu nome de família, a Rue de Passy era comprida, e ninguém parecia conhecer nenhum conde. Mais tarde, em 1984 – por que nesse ano, não sei –, entendi a última coisa que me restava entender. "Não sou nobre", me cochichara Rose. Rose Leconte, filha do sr. Leconte. Consegui um guia telefônico de 1969: de fato, houvera um casal Leconte no número 46 da Rue de Passy. Falei com todos os moradores do prédio, ninguém os conhecia. Apenas o merceeiro, no térreo, se lembrava deles e da pequena Rose, que vira crescer. A família viajara em meados dos anos setenta para o exterior, ele acreditava. Rose fora se despedir dele. Quando lhe perguntei como ela respirava, ele me olhou com estranheza.

Foi nessa época que comecei a tocar em todos os pianos possíveis, por todas as portas e janelas abertas pelas quais ela pudesse me ouvir. A moda dos pianos públicos me abriu um campo infinito de possibilidades. *Se você tocasse daquele jeito de novo e eu o ouvisse do outro lado do mundo, eu o reconheceria.* Hoje toco *daquele jeito*, como no dia de nosso primeiro encontro, pois não toco mais para mim. Tomei gosto pelo que está fora. Toco nossa história. Toco minha irmã de mil e tantos dias, um disco dos Stones numa mala, o ódio aos anfíbios, o herbário que ainda seca à sombra dos Pirineus, o perfume dos lábios que mal toquei, as mãos manchadas de Rothenberg, imóveis para sempre nas mãos manchadas de Mina, os soluços do magma, os ventos solares, toco Sobix correndo sem fôlego, Danny parando para morrer a dois, toco a vida e a morte como se elas não fossem nada, e elas não são nada. Toco os grandes touros brancos, toco a loucura e a dor que formam o ar de nossas vidas. Meus pianos em Nova York, Moscou, Londres, Valparaíso.

Rose se tornou diplomata, tenho certeza. Ela viaja, e juro que um dia, percorrendo uma passarela, descendo de um avião ou de um trem, cansada e embaixadora, ela levará um susto. Ela virá de Istambul, Canberra, Vancouver. Ela virá de Tóquio ou Tel Aviv. Ela me verá ali, à sua frente. Ela reconhecerá minha voz. Ela reconhecerá o ritmo. Aguardo sua mão sobre meu ombro.

Saberei que é ela sem me virar, sem que ela precise falar, pois deixei de ser surdo.

Ouço tudo.

Johann Sebastian Bach, órfão, Caravaggio, órfão. Ella Fitzgerald, Coco Chanel, órfãs. Anton Bruckner, Louis Armstrong, Ray Charles, John Lennon, Billy the Kid, Tolstoi, Chaplin, órfãos. E mil rostos agora mesmo, mil rostos que não conhecemos, ainda não conhecemos, colados em vidros turvos, órfãos.

Procurei Sinatra para quebrar sua cara. Edgar Calmet é seu verdadeiro nome. Foi no início dos anos noventa, acho, num dia de outono. Chovia em seu vilarejo no Lot, um céu cinzento escurecia a fachada do açougue de carne de cavalo, espremido entre uma padaria e uma mercearia, fechadas há muito tempo. Havia um único cliente no interior. Não o reconheci imediatamente atrás do vidro embaçado. Ele tinha engordado, enchia todo um longo avental sujo de carne. Sob sua fronte calva, seus olhos eram tristes. Ele levantou a cabeça, seus olhos cruzaram com os meus por uma fração de segundo. Girei nos calcanhares sem entrar, sem quebrar sua cara. Não sei se ele me reconheceu.

O abade Armand Sénac recebeu as Palmas Acadêmicas e acabou seus dias numa casa de repouso para sacerdotes. Visitei-o, muito mais tarde. Meu nome não lhe disse nada. Ele alimentava um pardal, migalha por migalha, no parapeito de sua janela. Com os cabelos brancos despenteados, as bochechas encovadas e a barba que mal conseguia crescer, ele me perguntou se eu era o barbeiro que lhe prometiam há muito tempo e que nunca chegava. Não tenho certeza se é dele que mais tenho raiva, esse velho filho de ninguém. A violência sempre tem uma desculpa. Os culpados, os verdadeiros, são aqueles que o colocaram à frente de Confins, e que seguirão fazendo o mesmo. Os culpados são os filhos de alguém com sapatos bem brilhantes.

François Marthod, vulgo Girino, desapareceu sem deixar rastros depois do fechamento de Confins. Não sinto nenhuma satisfação de sabê-lo morto – a menos que esteja vivo e com cem anos –, mas um pouco de tranquilidade.

Jean-Michel Carpentier, vulgo Sobix, hoje é projecionista num cinema dos Hautes-Alpes, onde não existem projetores há muito tempo, em todo caso não como antes. Antes do cinema, passou um tempo na prisão. Ele não gosta de falar sobre isso, então não falaremos. Vejo Jean-Michel todos os anos. Preciso falar alto – ele é completamente surdo do ouvido direito. Nenhum de seus três casamentos resistiu a seu desejo de satisfazer uma curiosidade enciclopédica. No ano passado, por ocasião de seu sexagésimo aniversário, assistimos *Mary Poppins* juntos, em seu pequeno cinema. Ele confessou ter levado alguns meses para me perdoar quando percebeu que eu lhe mentira. É possível que ainda não tenha me perdoado.

Edison Diouf, nosso gênio, voltou para seu vilarejo no Jura e abriu um pequeno comércio de conserto de eletrônicos de todo tipo. Não havia ninguém como ele para alinhar cabeças de videocassetes VHS, uma tecnologia, ele dizia, que poderia ter sido facilmente melhorada, o que não deixava de demonstrar em suas soldagens. Ele não viu o futuro, não viu os discos de policarbonato fundido que sucederam às fitas cassete, nem, mais incrível ainda, os 0 e 1 que abundam nas fibras óticas. Edison morreu num acidente de caça aos 32 anos. Andava de bicicleta no bosque, de casaco amarelo, boné laranja e óculos de sol. O caçador disse que o confundiu com um cervo. Um cervo de bicicleta, casaco amarelo e boné laranja.

Antoine Loubet, vulgo Fuinha, fez fortuna no ramo de importação-exportação. Nunca entendi o que importava-exportava. Ele vive em Londres, é ainda mais rico que eu. Visito-o regularmente – o piano de St. Pancras é um dos meus preferidos. Ele foi o único de nós que teve filhos, duas lindas meninas. Tornou-se avô há pouco tempo. Antoine não anda bem, tem os pulmões cheios do prédio que desabou sobre sua infância e abriu um buraco em sua rua, tem os brônquios cheios da ausência que logo o levará – poderemos dizer, nesse dia, que aquele prédio matou todos os seus habitantes.

Daniel Minotti, vulgo Danny, não para de caminhar desde nossa fuga. Ele percorre o planeta, descansa a mochila, trabalha ou vive daquilo que quiserem lhe dar e volta à estrada. Às vezes o encontro na frente de minha porta. Ele jura que parou de perambular, que não aguenta mais, que dessa vez vai se fixar definitivamente. Às vezes começa a chorar sem mais nem menos, sem motivo, principalmente quando bebemos um pouco. Ele murmura: "Sabe...", mas nunca termina a frase. Ao amanhecer, ouço a porta ranger. É Danny partindo de novo. Um dia ele não voltará.

Maurice Noguès, meu velho Momo, continua morando em frente. Sua assistente se mudou para o mesmo apartamento. Os sábios envelhecem mais rápido e, em seus olhos, a noite começa a descer sobre sua infância azul. As crises de epilepsia cessaram, mas ele caminha com dificuldade, mantém seu grande corpo dobrado numa poltrona de veludo, com um pano cinza, que um dia foi um burrico, sobre os joelhos.

Está ficando tarde, senhora, senhor. Estamos chegando ao fim. Uma última coisa.

Visite Momo, por favor. Visite Momo antes que seja tarde demais. Pergunte se aquilo que o velho contou, o velho que toca piano nas estações, nos aeroportos, em todos os locais de passagem, é verdade. Ele assentirá, sorrindo.

O último comboio acaba de chegar, o trem da 0h35, que vem de Barcelona. Ela não está a bordo. Os cafés fecham, as portas de aço descem. A hora está tranquila e órfã. Precisamos nos separar.

Amanhã, começo cedo.

O autor gostaria de agradecer:
ao Centre National du Livre pelo apoio à escrita deste romance;

Laurent Perez del Mar por sua amizade, sua música, e "Les Adieux" ao telefone;

Daniel Glet pela generosa execução dos primeiros compassos do Opus 27 nº 2 de Beethoven.

Este livro foi composto com tipografia Adobe Garamond e impresso em papel Off-White 80 g/m² na Formato Artes Gráficas.